黎明前的那一夜

The
Night
before
Dawn

卢思浩 —— 作品

她给人的感觉就好像是掉进了水里,从此一直没能上岸,浑身上下笼罩着一股沉重的水汽。

黎明前的那一夜

The Night before Dawn

外面的人都太着急了,着急赶地铁,着急上班,
着急吃饭,着急去爱,着急去恨。

黎明前的那一夜

The Night before Dawn

你可能会短暂地忘记他是谁,你要记住,这幅画里的人是一位画家,他叫张雨昂,是你在康乐家的老师,也是你的朋友。

黎明前的那一夜

The Night before Dawn

在外面的世界里，我们遇到的人大多对我们的理想不屑一顾。

黎明前的那一夜

The Night before Dawn

我由衷地希望你也可以离开这里，在你找到属于自己的答案之后。

黎明前的那一夜

The Night before Dawn

空气里已经可以嗅到夏天的气息了。突然间一只白色的鸟儿从树林中飞了出来，越过山坡，越飞越高，消失在泛着金色的天边。

黎明前的那一夜

The Night before Dawn

目录

第一部分　从梦中醒来 ———————————— *001*

　　所有他引以为傲的东西，变成了一堆垃圾。

第二部分　沉寂，无声 ———————————— *041*

　　你们眼神里的卑微和虚荣，就像患病的人身上的臭味，根本藏不住。

第三部分　遗忘的，记起的 —— *073*

　　每个人都值得被好好对待。

The Night before Dawn

第四部分 没有真正的"桃花源" —— 137

只要有人存在，桃花源就不会存在的。

第五部分 我与你之间的距离 —— 173

他从未考虑过：一个人选择离开，是为了让另一个人过得更好。

第六部分 谢谢你，朋友 —— 225

每个人的答案都不同，也只能靠自己去寻找才有意义。

终章 梦醒时分 —— 275

按照你想要的方式，飞向你的天空吧。

后记 —— 291

黎明前的那一夜

The Night before Dawn

第一部分
从梦中醒来

> 所有他引以为傲的东西,
> 变成了一堆垃圾。

1

从三月的第一天开始，接连一个月，张雨昂都无法正常入睡。每天一到夜里十一点，他就瞬间睡意全无，即使强迫自己躺下，大脑也无比清醒。只有到了天快亮的时候，窗帘的缝隙中透进一丝亮光，他才能够短暂入睡片刻。但没法睡更久了，两小时后他总会毫无征兆地醒来。

这一切都是因为一个梦，一个古怪的梦，一个不愉快的梦。一个都不需要闭上眼睛，就能清晰地再现的梦。

一个月前的那天夜里十一点左右，他拖着疲惫的身躯回到家，直接倒在沙发上睡着了。再次睁开眼睛时，眼前不见天花板，视线的尽头是一片圆形的夜空，空气里弥漫着潮湿的气味。四周一片静寂，能听到的只有若有若无的流水声。周围的温度陡然下降，背上传来一股凉意，他慌忙坐起身，伸手摸向开关的位置，却只摸到了凹凸不平的砖块。恐惧袭上心头，他颤颤巍巍地试图站起身来,却一脚踩空栽倒在地。

微弱的月光洒在地上,面前是一片泥泞。

张雨昂的脸色瞬间一片煞白,一点血色都没有。他感觉到体内的氧气迅速流失,呼吸变得急促,冷汗逐渐浸湿了衬衫,大喊起来:"有人吗?"

然而只有空洞的回音在周围回响,墙壁似乎就在身旁,他打了个冷战,浑身哆嗦——这里怎么看都像是幽静的井底。

他顾不上疑惑,这种地方多待一秒都是一种煎熬,生存的本能让他只有一个念头:必须从这里出去!他猛地抬起头,丈量自己与洞口的距离。爬!爬到洞口,这是唯一的出路。

可无论他怎么努力,也无法抓住湿滑的砖块,只是向上攀爬一步便立刻坠回井底。反复几次之后,他的手指都被磨出了血,再也没有攀爬的力气,整个人颓然地瘫在地上,绝望的空气笼罩了整个井底。时间也一同失去了意义,张雨昂觉得十分钟过去了,不,一个世纪都过去了,却也只能无能为力地盯着洞口,盯着那遥远的亮光。

忽然间,洞口的月光被挡住了。是一个人影!

"救我!"张雨昂声嘶力竭地呼救,这一次,声音伴随着气流直线上升,他确信自己的声音传到了那人的耳中。可那人没有任何回应,只是看了井底一眼,像是一次例行检查,默默盖上了井盖。井底瞬间变得一片黑暗,沉重的黑暗……

"老张,老张?"龚烨的声音让张雨昂回到现实。

张雨昂怔了一下,他看向龚烨,看到了对方脸上慌乱的表情。龚烨此刻正用嘴唇无声地比画:"到你了,快说话啊。"

"喀",客户不满地干咳了一声,有那么一会儿,张雨昂依然有些恍惚。他茫然地看着客户那张不满的脸,似乎是在等待自己说什么。这时龚烨用手指捅了捅张雨昂的腰,用眼神指向放在他面前的文件夹。张雨昂这才回过神,慌忙起身,却趔趄了一步,说话的声音也跟着磕巴起来:"这是我们所做的市场调研,不动产市场和股市都在上升期,通过合理的运作,您的财产会得到巨大的升值……"

"当然,通过我们的运作,您的部分税务也将得到减免。"
龚烨立刻把话茬儿接了过去,他详细说起事务所的运作方式,客户脸上的表情才缓和了些。

会议结束后，张雨昂走到洗手间，打开水龙头，镜子中的自己看起来很是陌生。以前还算圆润的脸庞，现在已然消瘦了不少，脸颊都莫名凹陷了一块。皮肤很是粗糙，双眼布满血丝，整个人像是刚从下水道里爬出来似的狼狈不堪。那个梦又清晰地出现在眼前，他一脚踢翻身旁的垃圾桶，又反复冲了几次脸，才稍稍镇定下来。

他看了看时间，晚上十点，漫漫长夜才刚开始。于是他走回办公桌前，刚一坐下，耳边就响起了龚烨的声音："老张，你这个工作狂还不回去？"

"还有些资料要处理。"张雨昂笑了一下。

"得了吧，哪儿有那么多资料让你每天都熬到这个点，走，喝一杯去呗。"

张雨昂沉默了一会儿，还是答应了。

地铁站附近的小酒吧里坐满了人，一打开门，电子音乐的声音、人们大声说话的声音、玩骰子的声音、酒杯碰杯的声音，顷刻间都涌向了张雨昂的大脑。太阳穴传来一阵刺痛，他头昏脑涨，眼前的景象瞬间颠来倒去。他把住门把手，缓了缓神，硬着头皮走了进去。龚烨点了两杯酒，等酒时一直没有说话，他先是看了会儿张雨昂，又低下头盯着手机。张雨昂也看了会儿手机，右手漫无目的地滑来滑去，同时暗地里调整自己的呼吸，过了一会儿，他终于勉强适应了身边的嘈杂。

"山崎还是辣嗓子啊，"两人碰杯后，龚烨皱着眉说，"毕业前我可没想到自己现在居然每天都会喝酒。"

说完他顿了顿，似乎在等张雨昂的回应。

"想什么呢？"他问。

"啊？"张雨昂下意识应了一句，随即摇头说，"什么都没想，对了，你现在喜欢喝山崎了？"

"哪里谈得上喜欢，不过是想弄懂那些大人物为什么爱喝嘛，尤其是刚刚开会的夏老板，"他笑着说，"我不得赶紧摸出点门道来？饭桌上酒可是个好话题啊，只要你能说出点东西来，他们准满意。"

张雨昂也笑了笑，拿起酒杯。

"不过大人物的品位还真是贵啊，"龚烨看了眼手机，用四根手指比画了下，说，"现在都得这个价，对了，他们还爱喝茅台。最好的茅台都被炒到五位数了，还好我前段时间攒钱屯了些。"

张雨昂点头表示回应。

常规话题，张雨昂心想。每天在事务所里，大家谈论最多的当然是工作,偶尔也会聊一些行业内的热点事件,剩下的就是最近看上的东西,谁买了瑞典的高级沙发,谁购入了高端的高尔夫球杆,自然也少不了关于名酒的讨论。

"你知道现在网上还能买车吗?"龚烨接着说,语气听起来仿佛是随口一提,"也不知道什么时候能换辆车,看着小程换车了,我心里也直痒痒,俗话说得好:车是一个男人的脸面嘛!谁不想脸上有光呢?"

张雨昂一时没有想起小程是谁,他的大脑晕晕乎乎的,接收信息的速度都比以前慢了不少。

"你该不会忘了小程是谁了吧?"龚烨笑道,"咱们事务所最近的风云人物啊,前不久他不是抢了一个前辈的几个重要客户嘛。"

张雨昂点点头,感叹道:"他啊,是个人精。"

"可不是,他这人连客户八竿子打不着的亲戚什么时候生日都知道。"

"有时候是要做到这种地步。"

"看到他就觉得咱们这行业啊,还真是跟过山车似的,好坏全在客户的一念之间。客户满意了,生活就立刻能滋润起来。看看小程最近的状态,面色都好了不少,怪不得他连前辈的客户都要抢。"

这句话让张雨昂记起，他上个月还在公司楼下看到了小程和那位前辈。前辈整个人看起来没有一点精神，萎靡不振。小程看向前辈时一脸嘲讽的模样，让张雨昂印象深刻。

"说到底金钱才是最好的补品啊，神仙难救的事情，钱能救。前辈会变得怎么样，也压根儿就不重要。"龚烨就这话题做了最后的补充。

两人陷入短暂的沉默，又各自看了会儿手机。

离开酒吧时，龚烨邀请张雨昂去吃夜宵。张雨昂没有胃口，摇摇头拒绝了。

龚烨盯着张雨昂看了一会儿，叹了口气，说："你这样下去可不行啊。"

张雨昂一时没能做出任何回应。

"老张，你说实话，最近你是不是一直都睡不好？"龚烨摇了摇头，接着说，"你最近看起来跟 2G 网似的，得过很长一段时间数据才能加载出来。也就现在你状态看起来好了一点。"说到这里他停顿了一下，又意味深长地看了张雨昂一眼，耸了耸肩："看来是了，好在你工作没出什么纰漏，也按时完成了，不过可别这么下去了，今天幸好没误事，不然后果可就严重了啊。"

"今天多亏你了,"张雨昂回应道,"不过也没什么,失眠而已,谁都会有失眠的时候。"

"但你的状态太不对劲了,以前你可不会开会的时候走神。"龚烨说,"我有一个朋友前段时间也失眠,去看了医生,要不我把医生的联系方式要来?"

张雨昂愣了一下,下意识地舔了舔嘴唇,过了一会儿才说:"不用,我会自己调整好的。"

龚烨停了下来,没再问下去,最后挑了挑眉,说:"行,那我就先走了。"

两人在路口告别,张雨昂看着龚烨轻快的背影,不由得感叹,年轻真好。

他已经三十岁了,三十岁,实在不是一个可以承受无端失眠的年纪。

回到住处后,张雨昂坐到桌前,又处理起工作。

再抬起头,是深夜两点,他给自己倒了杯水,吃下两颗医生开的药,躺到床上。可还是不困,一点都不困,张雨昂恼怒地坐起身来,被窝已经被搞得一团糟。他深吸口气,又把胸口的沉重空气吐出,走到客厅,打开电视。其实电视根本没什么好看的,可家里必须有些声音，好让自己不那么孤独。他又把合同和资料拿到沙发前，无意识地看了一会儿，可压根儿看不进去。最终他能做的，只是一次又一次地环顾客厅，这个已经被布置得满满当当的地方，此刻看起来却没有任何生机，比以往的任何一个时刻都让人觉得空虚。

于是他熟练地点开购物软件，一眼就看到了龚烨提到的山崎。手机难道有监听功能吗？张雨昂想，也罢，这样也好，每次点开都能买到新东西。

一小时后，他觉得手指有些酸痛，才放下手机。那个噩梦顿时又浮现在眼前，他不愿放任它出现，从沙发缝里摸索出一包烟来，点起其中一根，用力地吸上一口，一番吞云吐雾之后，他的心情才平复了些。与此同时，他敏感地察觉到，必须搞清楚那个梦到底是怎么回事，现在他已经一只脚踏在悬崖边上了，工作上什么时候出岔子都有可能。

烟一根接一根，很快就抽完了，他可不能接受没有烟抽。
他走到地面车库，白天看似干净的地面，此刻遍布着饮料瓶、奇怪的广告卡片，还有不知道写着什么的废纸。车开到主干道时，街道灯火通明，车辆来来往往，街边时不时可以看到酩酊大醉的少男少女，有些踉踉跄跄地走着，有些趴在街边呕吐，不远处的酒吧门口，依然排着长龙。张雨昂坐在车里，看着眼前的景象，总觉得有些惆怅，同样是深夜不眠，自己的处境却跟他们截然不同。年轻真好，他再次感叹，不由得焦虑起来。

好在深夜找一个卖烟的便利店不算难事，张雨昂很快到了目的地。

能抽烟的感觉真好啊，他想，怪不得人们怎么也戒不了烟。被烟控制也好，对身体不好也罢，这种上瘾的感觉至少能让人短暂地忘掉烦恼。他看向主干道，既然出门了，不如四处兜兜风放空一下，他决心什么都不去想，失眠也好，噩梦也罢，思考这些只是徒增烦恼。

回到家的时候，已是清晨五点。

然而还没等电梯门彻底打开，一股烧焦的气味就钻了进来。他心一沉，飞快地打开家门，瞬间就被熏出了眼泪。他慌忙冲到阳台打开窗户，揩了揩被呛出的眼泪，捂着口鼻又折回客厅。

他很快就找到了烟雾的来源——烟头！不知怎的，那该死的烟头点着了放在一旁的纸巾。上一秒还能缓解他焦虑的香烟，现在却成了真正的导火索。好在火势并未蔓延开来，眼下茶几上那一整盒纸巾就要焚烧殆尽,即便放任不管,这场"火"也会在不久后熄灭。

张雨昂刚松一口气,心里却突然"咯噔"一下。他挪开纸巾,一圈刺眼的黑色烧焦痕迹赫然出现在眼前,一旁的白色积木熊和瑞典沙发也都被熏成了灰色。他又赶忙走到沙发旁,蹲下身小心查看那些珍藏的黑胶唱片。其实他根本就不懂音乐,但还有什么更能彰显自己的品位呢?然而最外侧的黑胶唱片在高温下产生了些许变形,只是这么一点瑕疵,这款唱片就再也没了价值。

他茫然地站起身,脚底却传来了"咯吱"的响声,低头一看,才发现那只从国外代购回来的杯子躺在地上,成了碎片。这杯子是他在杂志里看到的,他还记得同事看到那杯子时羡慕的表情——他们人人都看过那本杂志,它就在公司前台的书架上放着。

所有他引以为傲的东西,变成了一堆垃圾。

这时他才发现茶几上被烧毁的不仅仅是纸巾,还有他辛辛苦苦做好的文件和合同。他顿时眼前一黑,头疼欲裂,觉得前所未有的无助,颓然地倒在沙发上。

他不明白为什么自己会犯如此低级的错误。

电视里熟悉的节目依然播放着，某个嘉宾说了一个搞笑的桥段，每个人都在肆意欢笑，可这笑声在张雨昂听来是那么讽刺，眼前的世界顿时变得四分五裂，梦境中的景象又出现在眼前。这一切让他内心生出一股无法遏制的愤怒。长期的失眠本就让他的精神一直高度紧绷，这一下他彻底失去了自控能力。他也不知道自己哪里来的力气，一下子就站了起来，一拳打在了电视上，觉得不过瘾，又把一旁的黑胶唱机狠狠踢倒，再打开红木书柜，把里面的书都砸在地上。

客厅很快变得一片狼藉，唯一幸免于难的是他许久没碰过的画板，但张雨昂压根儿就没注意到它。他只是盯着客厅，盯着自己毁掉的一切，竟忍不住哈哈大笑，嘲笑起自己来。

几分钟后，他就彻底精疲力竭了，整个人躺倒在沙发上，双目无神地看着头顶被熏黑的天花板，脸颊上毫无血色，只觉得浑身上下空空荡荡，身体仿佛都失去了重量。

当他回过神来，天已经微亮，熟悉的倦意袭来。

张雨昂知道两个小时后自己就会醒来，他会去工作，就像什么事情都没有发生一样。睡着前他看了看手机，想着不知道要花多少时间才能把房间恢复原样。

算了,明天再说吧,张雨昂想。

不到十分钟,他昏睡了过去。

2

"你感觉怎么样?"一个陌生的声音在耳边响起。

张雨昂迷迷糊糊地睁开双眼,眼前站着一位陌生的医生。他惊恐地瞪大了眼睛,刚想起身,却感觉到头部钻心地疼痛,仿佛被斧头劈过似的。他疼得龇牙咧嘴,两眼冒金星,耳朵像是钻进了十几只苍蝇般嗡嗡作响。等到他稍稍回过神来,医生的声音又传到了耳中,但这次不是对他说的。

"给他打一针吧。"医生对着身旁的护士说。

张雨昂这才发觉原来自己另一侧站着一位护士,她手里拿着一根针管,身后是陌生的医疗设备。他刚想抵抗,可疼痛却与他作对,他只能一动不动,眼神里写满了恐惧,不知道这到底是怎么一回事。

"这里没有人会伤害你。"医生说了一句,他语气里的温和让张雨昂平静了些,药水也适时地发挥了它的作用,疼痛如同退潮般隐去。然而恐惧依然萦绕在张雨昂的心头,他发觉自己竟然被绑在了床上,下一秒便喊了出来:"这是什么地方?为什么要把我绑住?"

"你在康乐家,"医生答道,"是从市医院转移到我们这里的。别担心,现在你的生命体征还算正常,我们对你的初步判断是,你患有严重的躁狂症,具备一定的自毁倾向。"

张雨昂一下被搞迷糊了。"这绝不可能,你们一定是搞错了。如果我真的患有躁狂症,我自己一定是第一个知道的。"他说。

"你应该还记得4月2日清晨发生的事吧。"医生说。说到这里他顿了顿,但并未等张雨昂回应,就接着说道:"你的邻居报了警,警方发现你的时候,你已经昏迷不醒了。你之所以会被送去市医院,是因为一氧化碳中毒。根据警方的调查,那很可能不是一场意外,你意图自杀。"

"那就是一场意外!"张雨昂竭力嘶喊道。

"你并没有着急灭火,也没有选择报火警,而是任由烟雾在客厅蔓延,在此期间砸毁了客厅里的一切。"医生说,"还有,那天凌晨你曾在环路上以接近140迈的速度驾驶,却并不是急于回家,这是你第一次违章。能告诉我,你为什么会做出这些举动吗?"

"我没有义务告诉你。"

医生从护士那里接过一个文件,翻阅了几页,抬起头看了张雨昂一眼。"这是你之前咨询心理医生的记录,也是警方在调查中发现的。记录里写着,当时你的失眠就已经持续了一段时间,到现在为止应该有一个多月了。长期失眠的人,会做出很多自己都没有意识到的过激行为。请相信我们的专业判断。"

"胡说八道,失眠难道就是躁狂症吗?放我回去!"张雨昂说。

"恐怕不行,现在我们不能确定你是否还会做出危害他人和自身安全的行为。"医生说,"好了,先这样吧。"

"什么叫先这样?"

医生没有回答,跟身旁的护士耳语了几句,便推开门走了出去。

张雨昂看着留在房间里的护士,吞了一口唾沫,用交涉的语气说:"这里面一定有什么误会,这样,能不能帮我把手机拿过来,我打个电话,一切的误会就都能解开了。"

护士只是抬了抬眼皮,居高临下地看着他,完全没有停下手里的动作。她的眼神压根儿就不像是在看病人,嫌恶之情只消对视一眼,就足以传到张雨昂的眼里。

"这里是康乐家,我们所做的一切,都是为了保护你的人身安全。"她用毫无情绪的语调说道。

"康乐家,康乐家,你们说了好几次了,这到底是什么地方!"

护士没再说任何一句话,给张雨昂换了一瓶新的药水,面无表情地离开了病房。

偌大的病房只剩下张雨昂一个人，他动弹不得，只能看着药瓶里的药水一滴滴落下。左手因为药水的缘故变得冰冷而又僵硬，他的大脑却无法冷静，一片混乱。

这时张雨昂突然听到从隔壁房间里传来一阵低沉的撞击声，听起来就像是有人用头撞击着墙壁一般。他不由得皱起了眉，浑身止不住地颤抖，只好握住右拳，咬紧牙关，才能不让牙齿打战。这绝对不是自己认知里的医院，他不敢再想下去。

窗外，视线尽头，一轮明月浮在山峰之上，云朵掠过繁星，天空中的星星多到不可思议，就好像只消用手轻轻一挥，就能抓住数十颗闪闪发光的星星。风景美得就像凡·高笔下的油画，然而这样的景色却让张雨昂不寒而栗，因为他很清楚，自己所处的城市中是绝无可能出现这样的景象的。

撞击声持续了一段时间，当一切都安静下来后，他越发感到恐惧。他想到自己一定是被带到了一个人迹罕至的地方，难以想象明天会发生什么。他多么想要睡一觉，说不定明天醒来就会发现这一切都是个梦，自己只是在家中的沙发上睡着了。

夜晚漫长得似乎永无尽头。

他多么希望身边有一部手机。

3

张雨昂不知道自己是什么时候睡着的，醒来后他下意识在枕边摸手机，可怎么也摸不到。他疑惑地坐起身来，发现自己依然身处病房里。他想起了昨天的遭遇，立刻看向自己的双手。没错，手上的痕迹提醒着他昨天发生的一切不是梦，而自己穿的衣服也变成了病号服。他向窗外看去，太阳刚刚升起，金色的光柱照耀着山谷。

昨天出现过的那个护士站在病房门口，监视着张雨昂的一举一动。她身后站着一个壮硕的安保人员，看起来似乎没有睡醒，不住地打哈欠。

"这是要干什么？"张雨昂问。

"带你去吃早餐。"护士回答。

"我没有胃口。"

护士笑了，她说："这可不是你说了算的。"

张雨昂觉得这句话无比荒谬，饿不饿难道不是自己说了算吗？

但他看到了护士手里的针管,把想反驳的话都咽了回去。

"现在跟我去食堂。"护士似乎是注意到了张雨昂的目光,轻轻晃了晃针管。

接着她与安保人员交代了几句,从他们的对话中张雨昂得知护士叫作陈美芸。这位陈护士显然没有要等待张雨昂的意思,已经起身离开了房间。

一走出房间,张雨昂便发现,他所处的病房大楼四处都有监控,几乎没有放过任何一个角落。在大楼的门口还有一个值班护士坐着,她正无精打采地拨弄着头发,看到陈美芸后立刻坐直了身,拿起了手里的文件。食堂离病房大楼不远,一路上张雨昂看到了好几个全副武装的安保人员,自己绝对不是他们的对手。

吃饭时张雨昂搜寻着可以搭话的人,这是他了解康乐家最好的机会。虽然食堂周边都有安保人员巡视,但他们似乎并不禁止病人间相互交谈。

张雨昂身旁不远处坐着一个女人,三十岁左右,戴着眼镜,脸盘瘦削不堪,面容憔悴,头发看起来像十几天没洗一样,刘海儿胡乱地贴在额头上,病号服上也都是污渍。其他人都在埋头吃饭,只有她眼神迷离,右手握着筷子,一遍又一遍插在饭盒中的食物里,饭盒四周的桌子上散落着米粒和油渣。这个女人看起来一点都不正常,可是她又有些面熟,张雨昂总觉得自己应该在哪里见过她,忍不住多看了几眼。

女人察觉到了张雨昂的目光,抿了抿嘴唇,睫毛有些颤抖,用手拢了拢额头前的刘海儿,回头看向张雨昂的方向,但并没有盯着他看,而是轻轻一瞥就立刻扭了回去,似乎是在躲避着什么。女人这么一回头,张雨昂突然忆起来为什么会觉得她有些面熟——他在电视里见过这张脸。

不会吧?张雨昂心想,又回头打量起那个女人。

他曾经在各种社交软件里都能看到那个女歌手的宣传,在街道边也总能看到她的海报。在自己常看的那档综艺里,她是第一季的常驻嘉宾,她的一举一动也是社交媒体讨论的热点。后来张雨昂就没再看到关于这位女歌手的消息,不过这也没什么好疑虑的,偶像更新换代再正常不过,何况自己也实在算不上一个追星族。

难道真的是她吗?两人眉宇之间的确很像,可眼前的人也未免太过落魄。几年前那位女歌手出现在电视里的时候,唱的那几首主打歌可都是甜美俏皮的曲风,节目里可爱的笑容让人印象深刻。

"你……在看我吗?"女人终于忍不住开口问道,可语气听起来不像是提问,很是紧张。

张雨昂觉得她的声音也像那位歌手,但决定按下疑惑,现在最要紧的是打听康乐家到底是什么地方。他用最简单的语言解释了自己跟她搭话的原因,说他莫名其妙被送到了康乐家,对康乐家简直一无所知。

女人仿佛一个字都没有听进去,张雨昂说完来意后她依然沉默着。

张雨昂在心里不耐烦地抱怨了一句,无奈地又问了一遍:"康乐家到底是什么地方?"

女人终于说话了,面容看起来不再那么戒备:"你不知道康乐家是什么地方?"

她话语里的一丝反问意味让张雨昂有些恼火,听起来就好像他应该知道一样。

"我想这里应该是医院。"张雨昂回答道,"但我以前从没听过康乐家。"

"哈,你从来没有听过康乐家。"

张雨昂对她的反应一头雾水,他不知道该怎么回应,一时说不出话。

"真好啊,你从来没有听过康乐家……"女人又重复了一遍她刚才所说的话,但说话的声音太轻了,压根儿就不像是在对话。然后她一动不动,拨弄着筷子,目光直接越过了张雨昂,紧盯着后边一处无意义的焦点。

"我们是在城外的郊区吗?"张雨昂决定换一个问题。

"是的。"女人简短而又沙哑地答道。

"你能告诉我这儿离市中心有多远吗?"

"多远啊……"女人再次陷入了沉默,右手用力地揉着自己的左手食指,眉毛微微皱在一起,看起来有些不知所措。

张雨昂不明白为什么这么简单的问题她要想那么久。

"说不清楚,总之就是很远,要坐车。"她说。

这不是跟没说一样嘛。张雨昂决定放弃交谈,他挪回自己原本的位置,看向周围,寻找下一个可以搭话的人。

"啊……我知道了,"女人恍然大悟般说道,"你不知道自己是怎么到康乐家来的。"

张雨昂心里暗自叫苦,这不是他最开始就说明白的事吗?简直是浪费时间，他回头刚想发作，却正对上女人沉思的表情，只好等她说下去。

她终于从思索中回到现实，像是自言自语般说道："康乐家有个地方特别黑，里面都是乌鸦。"

"乌鸦？"张雨昂疑惑不已。

"经常有人被关进去。"她环顾四周后小声说道。

"这里还有牢房吗？"

女人凄惨地笑了，反问了一句："这世界上哪里有没有牢房的地方呢？"

张雨昂根本不明白女人说的到底是什么，他眉头紧锁，自己昨天的猜测似乎是正确的。

女人似乎又想起了什么，开始喃喃自语。张雨昂靠近了些，但依然听不清她在说什么。他抬起头，看到她的眼神逐渐变得悲哀，这让张雨昂心头一颤。空气变得坚硬而又压抑，张雨昂觉得自己必须开口说些什么，心里的疑惑再也按捺不住。

他脱口而出。

"那……这里是关押精神病人的地方吗？"

听到"精神病人"四个字的时候，女人像是触碰到了什么让人恐惧的东西一般，浑身一颤，刹那间涨红了脸，肩膀不住地颤抖，呼吸变得急促，面孔也随之变得扭曲，眉毛紧紧皱在了一起，眼睛里仿佛蒙上了一层薄雾。她微张着嘴想要说些什么，却只是动了动嘴唇，发出的所有声音只变成了微弱的气流，接着盯着右手看了好一会儿。她的眼睛不知不觉完全模糊了，整个人看起来就像是瘪了的气球，最终她只是摇摇头说了一句："我不是……不是我……"

说完她低下头，继续摆弄筷子。这之后无论张雨昂再问什么，她都好像完全听不到的模样，只是全神贯注地拨动眼前的食物，张雨昂不明白她为什么要跟食物这么过不去。

张雨昂又看了她一会儿，最后只得放弃问话。不知怎的，他有些畏缩，不敢再跟其他人搭话。看似平静的食堂此时在张雨昂的眼里变得压抑，于是只好低下头去，不再东张西望。

不一会儿音乐声响起，所有病人都放下了筷子。

张雨昂不明所以，但还是跟着照做，唯有那个女人还在摆弄着筷子。

一个护士边走向她边喊道："何韵诺！你还吃不吃？不吃明天就给你插胃管！"

似乎是这句威胁的话起了作用，何韵诺匆匆吃了两口。

何韵诺？跟那位女歌手同姓？

张雨昂惊讶地看向女人，可怎么也无法把眼前的人与那位女歌手对上号。

他忍不住想要问个究竟，可陈美芸走了过来。

张雨昂只好跟着走到一个房间，这是一个类似于活动中心的地方。病人都集中在这里。一群人坐在椅子上，盯着一台没有打开的电视机，剩下的人有的聚在一起说着话，有的沿着墙壁无意识地散着步，还有人坐在窗边怔怔地看着窗外，看起来麻木而又呆板。

清晨的阳光倾泻而下，向着窗外看去，绿色尽收眼底，不远处是一座后山。

不大的后山中有一片用来种植的田地，何韵诺就在那里。

张雨昂想走到何韵诺的身边，可安保人员挡住了他，说他不能离开自己的视线。张雨昂只好就近坐下，眼睛却一直盯着后山，只见何韵诺神色漠然地种着植物，手上一片泥泞，沾到脸上了也不以为意。张雨昂见状摇了摇头，心想一个艺人怎么可能沦落成这样，同姓大概也只是个巧合。

这时他赫然发现，就在后山的尽头，有一片很高的围墙。他心一沉,急忙走到房间的另一侧,映入眼帘的是一幢两层建筑,护士和医生们出入其中。建筑后是一片铁网,铁网的不远处,另一片高墙清晰地出现在眼前。

一股不安顷刻间向张雨昂袭来,他下意识吞了一口口水,喉咙却阵阵发紧,难以下咽。

他相信自己绝对没有躁狂症,来到这里是一个天大的错误。他也没有时间可以浪费,按照医生所说的,自己已经在这里四天了。他最先想到的是那个被砸毁的家,这会儿简直让他心痛不已。随后张雨昂想到还没来得及跟老板说明一切,同事们又会怎么想他?他疑心警方或者医护人员去到自己家中的时候,一定是大张旗鼓,这下可好,所有邻居都会认为自己是神经病,搞不好传到老板的耳中,就此丢了工作,这才是最糟糕的事情。

必须保持冷静,张雨昂深吸一口气,在心里盘算着:来得及,还来得及挽回一切。

只要在短期内离开这里,就能够解释这一切都是一个误会,火灾自然是意外,东西被砸烂也只是为了救火,他只是被送去医院住了几天。即使人们知道自己被送到了康乐家,即使这里真的是个精神病院，只要能够迅速出院，就能证明自己并没有任何精神问题。昨天医生的反应告诉他，他至少还得在这里住上一段时间，这样下去，事态可就一发不可收拾了。

可到底要怎么出去呢？

张雨昂想了一个上午，也没有任何答案。

通过昨天的交涉可以看出，陈美芸绝不会放自己出去，医生也不能指望。

还是只能从了解康乐家开始，说不定之前也有人被误抓进这里，可如果这里的其他人跟何韵诺一样无法沟通呢？

想到这里他又头疼起来。

4

病人们吃完午饭必须回到病房睡觉，下午一点，张雨昂听从安排回到活动中心时，这里的人少了许多。

一小部分病人下起了象棋，电视机则吸引了余下多数病人的注意，当然遥控器被控制在了护士手中。电视节目相当无聊，张雨昂也不知道为什么那群人可以如此全神贯注。他们看起来完全不在意周遭的事物，想必是指望不上了。

这时一位中年男人吸引了张雨昂的目光，他就站在活动中心的另一侧，身边围着一群人，眼下正侃侃而谈。

跟何韵诺截然不同，这个中年男人五十岁左右，头发却染得漆黑，面色红润，看起来精神焕发，神情举止也看不出任何不正常。最重要的是他身上的病号服竟没有一丝褶皱，想必是精心打理过，袖子下闪着金色的光。

张雨昂看了眼陈美芸，她正坐在门口的位置看手机。他又看向来回巡视的安保人员，其中一个安保人员与其说是在监视着他们的一举一动，不如说是在若有所思地听着他们的谈话。这让张雨昂更为好奇，不管这个中年男人是谁，他都与别人全然不同，至少有着相当的地位。他或许是能帮到自己的人，这个念头让张雨昂不自觉地走近他们身边。陈美芸似乎注意到了张雨昂的举动，但没有任何表示。

中年男子说话抑扬顿挫，语气沉稳，言语逻辑清晰，正高谈阔论着关于金融的话题，这样的内容张雨昂再熟悉不过。简直是天赐良机！一股兴奋让他忍不住站了起来，这下中年男子停下了，看向张雨昂，其他人也都疑惑地看着他。

"呃，只是没想到能在这里听到感兴趣的话题，一时太激动。"他迅速做出了解释。

"哦？你知道我们讨论的是什么？"中年男子用敏锐的目光打量了一番张雨昂，脸上写着"别想跟我耍什么滑头"，眯着眼问。

"没有人会对赚钱不感兴趣，"张雨昂露出与客户打交道时的标准笑容，"您这款手表，如果我没有记错的话，是限量款。一般人是肯定没法买到的。"

中年男子看了眼周围的人，突然间乐了，说："你叫什么名字？"
"叫我小张就好。"
"我姓刘。"中年男子露出恰到好处的笑容。
"刘老板，您好。"张雨昂伸出了手。

"欢迎你加入我们。"刘老板轻轻挥了挥手，让张雨昂走到身边，接着对众人说了下去，"这年头要赚钱，不能靠上班、靠单位给的死工资。你拼死拼活工作，靠劳动来赚钱，一个月赚的还不够炒股一天赚的。股票投资，就是最好不过的金融工具。钱会自我繁殖，数量越多，它的繁殖能力就越强。所以要想赚大钱，成为人上人，就要学会玩弄资本，让钱来生钱，把一个数字变成更大的数字。"

"可这些很难吧？"有人问。

"不难,只需要懂一些基本原理就好,剩下的只需要会社交就行了。社交明白吧?就是搭建人脉。人脉就是有价值的人,要我说,只需要结交富人就好了,投其所好,对方到底是什么样的人根本不重要。所有的信息、资源、权力,都集中在我们的手里,风口都是我们控制的,你是头猪都能顺着风飞起来。"

张雨昂默默点头,他非常明白刘老板所说的这套理论——结交富人简直就是他的工作核心,事务所所做的事说起来也很简单,就是将富人的钱巧妙地进行转移,富人可以因此省钱或者进行更大的投资,作为回报,事务所会收到一份不菲的佣金。张雨昂十分清楚,结交富人的好处可不只是这部分佣金。事务所里有一个同事,结交了几个既有身份又有钱的主儿,饭桌上偶尔透露了几个不动产的信息,他便抓住机会狠狠赚了一笔,从此一帆风顺,没多久就离开了事务所。

他们聊了一会儿,从他的谈话内容中,张雨昂得知这位姓刘的老板从事的是不动产行业,是业内的龙头老大,公司的名字他前不久还在新闻上见过,这让他对这位刘老板迅速产生了信任。他知道自己必须尽快地跟对方熟络起来,因此也就不动产发表了一些自己的意见,但刘老板只是不动声色地听了几句。

又过了一会儿,刘老板停下话头,说:"行了,我也累了,明天再说。"

围着刘老板的几个人纷纷站了起来,乐呵呵地转身离去。张雨昂倒有些犹豫,没有立刻离开。刘老板看在眼里,颇有兴致地看了张雨昂一会儿,问道:"年轻人,你是有什么困难需要我帮忙吧?"

刘老板这么一问,张雨昂更加确信眼前这个男人能帮到自己。

他迅速做了决断,单刀直入:"刘老板,我初来乍到,对康乐家还不太熟悉,想问问有没有什么办法可以尽快离开这里。"

刘老板看起来并不惊讶,只是微微点点头,沉默片刻,开口问道:"这么说,你来康乐家也不是为了治病?"

果然猜对了!他尽量不让自己喜形于色,多年的经验让张雨昂心里很清楚,要获得别人的帮助,必须展现自己有值得被帮助的价值。

"刘老板,我就跟您实话实说了。我开了一家公司,刚起步不久,也算是赚了不少钱,不过前阵子资金周转上出了一些小问题,之前说好来这里待几个月避避风头,可突然想起公司有一笔大生意的细节还没有谈拢,要是现在不出去,搞不好赔偿金就能让我倾家荡产。"

刘老板点了点头,但没有发表任何意见。

"刘老板，拜托您了，您知道，没什么比钱更重要。"

刘老板轻叹了一声，说："我理解，年轻人你有你的难处，可我暂时也帮不到你。你看，既然来了就得守这里的规矩，我也一样上交了通信设备，没办法跟外面的人联系。"

刘老板看起来可不像他嘴里说的那样无计可施，张雨昂看在眼里。

"我会一直记得您这份恩情的，希望您能帮我一把。"张雨昂说，说到"恩情"两个字时加重了语气。

刘老板摸了摸自己的脸，先是沉默了一会儿，又看了看窗外，看起来很是为难。过了一会儿他终于开口了，一只手搭在张雨昂的肩膀上："好吧，我会想办法的，等我的消息。"

张雨昂道谢后又跟他攀谈了几句，音乐声再次响起。晚饭时间到了，陈美芸走了过来，张雨昂装作什么事都没发生，跟着她走了出去，看着她的背影，差点没忍住笑出声来。

现在所发生的一切就权当是一场梦，想到这里他吃饭的速度也快了起来，心情不再沉重。

晚饭后，病人们被允许在活动中心附近散步，但八点前必须回到自己的病房。张雨昂却迈着轻快的脚步，径直回到了那个他原本无所适从的病房，他看着天花板，畅想着不久之后就可以回到公司，可以继续赚钱，可以跟龚烨喝酒说说康乐家里的奇遇，回到家了还可以用手机打发时间，购物软件上不知道又会推荐什么新奇玩意儿。

九点时陈美芸出现在病房，给他发了药，又给他打了一针，说是有助于调节他的睡眠。张雨昂没多问，欣然接受了。他忘了一直困扰自己的失眠，也忘了工作多么单调，二十分钟以后，药水发挥了它的作用，他睡了过去。

5

三天的时间一晃而过。

这三天来，除了刘老板以外，张雨昂几乎不与任何人交流，这其中自然包括何韵诺，他可不想与病人扯上什么关系。每天睡前陈美芸都会发药，盯着他吃进去，又会给他补一针，这或许是他能够迅速入眠的原因。只是他的睡眠依然很浅，迷迷糊糊中总会被身边的声音吵醒，好在再次入睡还算容易。有一次护士们查房时，他听到她们谈论着一个病人的事。她们的语气，听起来就像是把病人当作茶余饭后的谈资。不过张雨昂对此也不感兴趣，这年头到处是把别人的痛苦当成谈资的人，社交网络上，工作中，吃饭时，四处都是这样的声音，他早已习以为常。

同时他也进一步了解了康乐家，这里的确是大山深处，四周的围墙和铁网下只有一扇大门可以通往外界。然而大门处有四个安保人员轮番执勤，从大门逃跑的可能性微乎其微，刘老板是他唯一的指望。每天上午所有病人吃完饭后都会集中在活动中心的周围，下午是分组活动时间——病人们会分成几个小组进行一些治疗活动。

他暂时还不需要参加集体活动，这让他每个下午都有机会跟刘老板聚在一起说话。每次谈话结束后张雨昂都会询问他什么时候可以离开康乐家，可看到的依然是为难的神情。

陈美芸总是在玩手机，这显然让张雨昂觉得不公平，他也需要手机，他需要看到那些消息。已经一周了，外面的世界不知道发生了什么样的变化。在这个信息爆炸的时代，远离社交一周时间可是天大的事，说不定自己的客户正有事找他，说不定同事会抢走自己的客户。他突然想起之前约好了请客户吃饭，还准备好了礼品，这下可好，他连解释都做不到。

张雨昂开始焦躁起来，可现在除了等待别无他法。

唯一的好消息是他的身体在逐渐好转，头晕目眩的感觉已经有段时间没出现了。

又过了一天，饭后不久，刘老板又长篇大论了一番赚钱的道理，说完后支开了其他人，一脸神秘地说道："我没能帮你搞到通行证，院长是一个古板的人，没能说服他。可惜我也联系不到投资人，否则可以通过投资人的关系施压，跳过院长。"

张雨昂心里一沉，空气也随之凝固，正当他觉得窒息时，刘老板却拍了拍他的肩膀，说道："别慌张，这些天也不是一无所获的，有个安保人员告诉我还有一个办法可以出去。"

"在康乐家的西南角，也就是那片种植地的正后方的墙边，有一个洞口可以去往外边。怎么样，这个消息不赖吧？"他笑着说道。

"可是我要怎么躲过所有人的视线，悄悄到达洞口呢？"

"这个简单，这里的安保人员大多是自己人，会掩护你的。"

"可是即使我逃出去了，这里是荒郊野岭，要怎么回到城里呢？"张雨昂早就盘算过这个问题了。

"我已经安排妥当了，你只管出去，外边自然有人接应你。到了外面，你再想办法搞一个出院证明，这样康乐家也就不会再追究了。"

张雨昂被说动了，眼下也就只有这一个办法了。

"我要什么时候出发？"他问。

"现在。"刘老板说。

"现在？不应该等到天黑再出发吗？"张雨昂吃了一惊。

"不，现在就是最好的时机，"刘老板边说边四处张望，"你看，现在活动中心里只有一个护士，我可以负责吸引她的注意。后山那侧把守的安保人员，我已经跟他打过招呼了，他不会拦你。到了后山，你只要假装没事人，随便闲逛就可以了。那里的病人不多，只要不引起骚乱，他们是不会特别在意别人的举动的。"

张雨昂愣住了，显然有些措手不及。虽然他时刻都在准备着离开这里，但没有想到会这么突然。他舔了舔嘴唇，拿不定主意。

"怎么了，你是不相信我，还是说康乐家有什么值得你留恋的地方？"

刘老板的这句话让张雨昂下定了决心，这里没有任何值得留恋的东西，外面的世界才是属于他的世界。他调整呼吸，握紧了拳,做好思想准备,抬起头感激地说:"谢了。"

"行了,现在快走吧。"刘老板笑了,说完便侧过身挡住了陈美芸的视线。

张雨昂冲着他点了点头,谨慎地看向四周,陈美芸正盯着手机,头也不抬。他调整呼吸,走到房间另一侧,前往后山。安保人员看了他一眼,果然让开了一个身位。目前为止一切顺利,张雨昂走进后山,有人在这里晒太阳发呆,有人一丝不苟地种植着什么。他放慢脚步,东看一眼西看一眼,假装只是路过。这里的病人们抬头看了他一眼,有陌生人乐呵呵地向他打招呼,张雨昂尴尬地笑了一下。他的心已经提到了嗓子眼,用尽全力让自己举止自然,才显得不那么鬼鬼祟祟。明明后山里的这条小路只有几十米,可张雨昂觉得它有几百米那么长,一路上他只能听到自己"扑通扑通"的心跳声。

还有几步就走到围墙那儿了,很快就可以逃离这里。张雨昂吐出一口气,稍稍放松了下来,就在这时身后突然传来了一声:"你要去哪里?"

张雨昂顿时浑身僵硬、动弹不得。他不敢回头看,随即回过神来,发疯似的向前跑,这一来反倒被脚下的台阶绊了一跤,脸重重地砸在了地上。这一跤摔得不轻,鼻血流了下来,嘴巴里都是血腥味，但他没有停下，也不能停下，又迅速爬了起来，手脚并用地向墙边跑去。

好不容易跑到墙边，胜利在望，可张雨昂怎么也找不到刘老板口中的洞口，甚至连一丝缝隙都没能找到。时间一分一秒流逝，张雨昂的脸色越发惨白，心中愈发不安，他能感觉到身后的脚步声越来越近。他没有时间思考，一下跪倒在地，试图从泥土中找到洞口，可越挖就越是绝望，泥土下边依然是墙壁。他抬起头，面前的这堵墙怎么看都是那么坚不可摧。

张雨昂被搞糊涂了，或许是自己找错了方向，可没有机会再去查看周围。

安保人员已经赶了上来，不由分说地按住了张雨昂的肩膀。张雨昂用尽全身的力气挣扎，试图站起身来。出去的机会就在眼前，他怎么可能放弃。可肩膀传来的力气让他无法摆脱，情急中他扭过头咬住了按在肩头的手，向后踢了一脚，这让他重心不稳，整个人扑通一声向前摔倒在地。安保人员顺势用膝盖抵住了张雨昂的背，终于稳定住了局面。

两个护士走了过来，其中一个是陈美芸，她面露不快，步履匆匆，手里拿着针管。

"我们应该通知马院长,等他来处理。"另一个护士说。

"院长现在不在康乐家,我们得迅速处理这件事,你看看周围。"

这时听闻骚动声的病人聚在了后山,看着眼前发生的一切。安保人员拦着他们,因此他们并没有轻举妄动,但有几个人发出了起哄的声音,甚至有人吹起了口哨。

"放开我!"张雨昂边喊边挣扎,"你们没有权力这么对待我。"

"我警告过你了。"陈美芸说,说完这句话后她在张雨昂的胳膊上打了一针。

迷迷糊糊中张雨昂似乎看到了嘲弄的眼神。

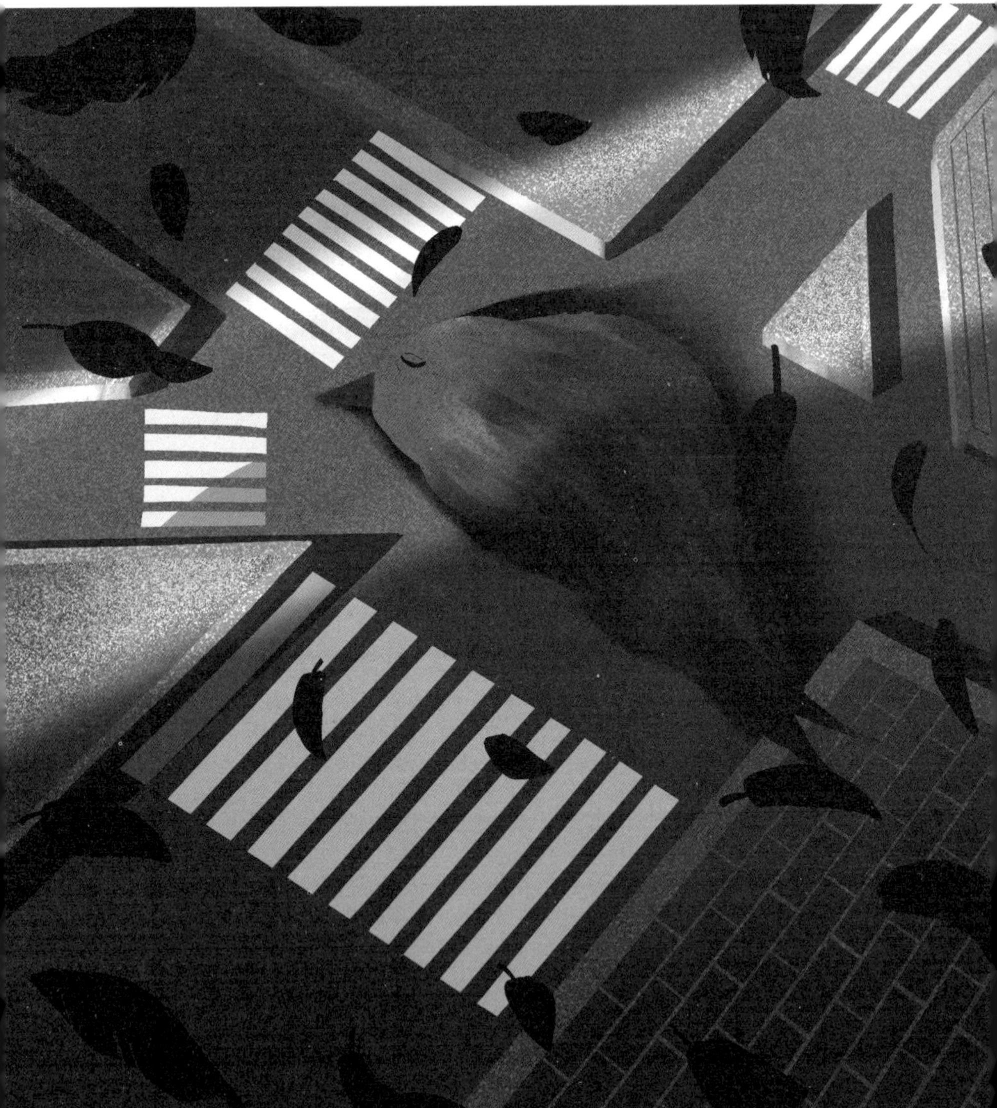

第二部分

沉寂，无声

你们眼神里的卑微和虚荣，
就像患病的人身上的臭味，
根本藏不住。

6

"数据表明,进入二十一世纪的第二个十年后,心理疾病的患者人数呈现出明显的上升趋势,目前已有超过50%的人有不同程度的抑郁或焦虑症状。人们的物质生活越来越丰富,但所承受的竞争压力也同时剧烈上升。康乐家应该竭尽全力让病人尽快回归社会,以满足社会正常运转的要求。"

马镜清院长正在参加一场例行会议,投资人说到这里停了下来,问道:"马镜清院长,最近康乐家的运营情况如何?"

马镜清就康乐家的现状——医疗设备、安保人员、医护人员和患者的数据——一做了报告。

投资人的语气似乎很是不满:"根据我们数据库计算,康乐家应该有更多的病人才是,治愈率也应该比现在更高。"

马镜清没有对此做出任何反驳。他是康乐家的院长没错,但同时也是一名医生,他当然希望治愈率能更高,但投资人所想的,似乎只是表面上跟自己一致。

这时马镜清的手机接连来了几个电话,但会议正在进行,他只能把电话一次次挂断。两小时后,这个漫长而又枯燥的会议才告一段落。马镜清刚站起身便感到背部传来一阵酸痛,但他来不及休息片刻,第一时间回拨了电话。

"院长,今天出了一个紧急事件。"电话另一头的陈美芸说。
"怎么了?"他皱着眉头问。
"有一个叫作张雨昂的病人企图逃离康乐家,与安保人员进行搏斗,还造成了其中一人受伤。"
"你们不是一直监视着他吗?"马镜清语气严厉。
"院长,病人们做什么也不是我们能够控制的,鬼知道他们什么时候会做出危险行为。"陈美芸说,"那个病人你也知道,他可是有躁狂症,突然间做出任何举动都不奇怪。"
马镜清揉了揉太阳穴,接着问:"那现在是什么情况,你们怎么处理的?"
"他现在在禁闭室,院长,这是一个恶性事件,我认为应该安排更严厉的惩罚措施。"
马镜清知道陈美芸的言下之意。"电休克是一种治疗方式,不是惩罚。"

说完他挂断电话,迅速坐上了回康乐家的车。

电休克治疗要谨慎,除非有治疗需要,或者病人突然失去自控能力,否则绝对不能使用,马镜清在心里思考着。张雨昂那位病人的情况自己很了解,当初病人入院的时候就是他亲自做的诊断。思索片刻后,马镜清决定尽快敲定张雨昂的治疗方式,前期的准备工作也完成得差不多了。

回到康乐家后,他第一时间叫来技术人员,调出监控。

随着监控录像的播放,马镜清的脸色越来越冷峻,没等录像放完,他便站起了身,找出一份文件。

这是一份前年的记录,之前康乐家就发生过类似的事件。一位病人在另一个人的怂恿下,企图冲破大门,事后声称有人曾告诉自己:大门的看守已经被收买了,会放他出去。

怂恿他的人正是刘国庆。

"又是他。"马镜清忍不住骂道。

刘国庆是第一个来到康乐家的正常人,他没有任何心理和精神疾病需要治疗。

当时他的公司惹上了大麻烦,自己也面临入狱的风险。为了逃避责任，他买通了投资人，伪装成精神病人，把自己送进了康乐家。作为回报，公司的合伙人会定期给康乐家一大笔"医疗费"。马镜清曾强烈反对，但无济于事。

"一个医院的运转，除了治疗以外，还需要多方面的配合和助力。"投资人说，"马院长，你只需要考虑治疗病人的事就好。我们分工明确，才能更好地让康乐家运转下去，才能真正造福这个社会。"

话已至此，为了大局考虑，马镜清只得默许刘国庆进入康乐家，而刘国庆也因此受到了投资人的特别关照——之前的那次事件，他便没有受到任何惩罚，这一次恐怕也会不了了之。

然而刘国庆不知道的是，他的公司早已名存实亡——在他住院期间，他的合伙人已经秘密转移了公司名下所有的财产，自立门户。

马镜清对这一切心知肚明，但他必须瞒过康乐家的所有工作人员，以免刘国庆发现端倪，进而大闹一场，这显然对所有人都不利。

"为了大局考虑。"现在马镜清再次默念起了这句话。

当初他建立康乐家后，一直苦于没有足够的资金为患者创建更好的医疗环境，因而接触了几个投资人，但他没想到不久以后康乐家的实际控制权会逐渐落入投资人手里，今天康乐家所有的医疗设备和必备药品都由他们提供的资金支持，如果没有他们，康乐家很快就会陷入医疗资源不足的困境。他告诉自己，作为康乐家的院长，需要做的，是对所有病人负责，即便这意味着某个人会拥有特权。

"公平、友爱、团结、互助。"门后挂着这么一句标语，这是康乐家的宗旨，昏黄的夕阳正洒在这段标语上。

马镜清放下文件，关掉监控，决定不再想这些事。至于那位叫张雨昂的病人，尽管多少有些不公平，但他必须受到惩罚。马镜清决心明天一早就把张雨昂放出来，跟他好好聊聊。现在手头还有别的工作要处理，想到这里，马镜清拿出了一份病历，是何韵诺的。

深陷抑郁情绪的患者，会对一切丧失热情。常人看来再简单不过的事，对他们来说都会变得无比困难，比如进食和睡眠，因为他们找不到做这些事情的意义，或许对他们来说生活本身已失去了意义，没有意义便意味着没有动力。

根据护士的汇报，她已经用尽了所有的办法，然而何韵诺依然不愿意好好吃饭，这显然不是什么好现象。马镜清在本子上写下几个治疗方案，但怎么也不满意，毕竟没有任何药物能够代替食物，也没有任何药物可以强制一个人进食。这是他身为医生最无奈的时刻——治疗不是万能的，抑郁症患者即使能够短暂地恢复，病情也随时可能复发，甚至急转直下。何韵诺就属于这类情况，她曾在治疗后出院，可没过多久，竟又被送来了康乐家。

何韵诺在第二次被送来康乐家的时候，病情已经发展到了极端恶劣的地步。

马镜清清晰地记得，再次见到何韵诺时，她的眼里已没有任何光彩，手腕上有一道清晰而又刺眼的疤痕。她给人的感觉就好像是掉进了水里，从此一直没能上岸，浑身上下笼罩着一股沉重的水汽。她能够听到别人说的话，却无法做出反应；她看着医生和护士的眼神，像是在看某种无法理解的东西。

她的经纪人反反复复要表达的只有一个意思："能不能尽快把她治好？"

"何韵诺第一次出院的时候，我就告诉过你们，"马镜清说，"如果心是容器的话，情绪就是容器里的水。容器出现了破裂，水就会漫延开来，即使表面恢复了，也会有细碎的痕迹，能容纳的水会变得更有限。病人即使短期内康复，心理也会比一般人脆弱，更容易失去信心。她本就该好好静养一段时间。"

"医生，公司也不是搞慈善的，大大小小几十号人也是要吃饭的啊。"经纪人开口，"你就想想办法，能不能别让她再胡思乱想。

不过是一些网络评论罢了,哪个艺人不会遭遇这种事?正好端端地筹备演唱会和商演,又突然搞这么一出,她也太自私了。"

胡思乱想、自私,这些年来马镜清总能听到这样的论调,人们觉得怀有抑郁情绪的患者太过敏感,太过脆弱,一句不经意的话就能伤害到他们,因而对他们敬而远之。那些人从没有想过,一个看起来敏感脆弱的人,在崩溃之前到底受过多少伤害。

马镜清还记得何韵诺最初来到康乐家的原因。父亲意外去世时她选择继续演出,这让她遭遇了长时间的网络暴力,"冷血""畜生"诸如此类的词一时间都被安在了她身上。她明明没做错什么,可一夜之间人们都仿佛希望她去死。在她最需要人支持的时候,恋人却离开了她,公司也无动于衷,这让她第一次情绪崩溃,身材也走了样。在她第一次离开康乐家后,经纪公司又变本加厉,用巨额违约金作为威胁,把她的日程表安排得满满当当。公司害怕她被遗忘,害怕满足不了大众的需求,要求她在公众前保持住曾经的甜美模样,哪怕心里在流泪,可脸上还得带着笑容。同时也控制她的饮食,逼迫她减肥,规划她在公开活动中应该说的话。她变成了被操控的木偶,不允许有自己的情绪,不允许有自己的声音,就连各种社交平台账号也都牢牢握在公司的手里。

"我们会尽力的,"马镜清说,"但需要一段很长的时间,你们也要做好准备。"

必须再想想办法，马镜清告诉自己。他决定再观察几天，如果情况没有好转，他将不得不中断现在的治疗方式，把何韵诺转移到重症病区，对她进行二十四小时的监视。

处理完何韵诺的事后，他又处理起别的工作。

关掉电脑时，已经是深夜十一点了。他短暂地松了一口气，手头棘手的事情虽然很多，但好在康乐家还可以正常运转，不过看样子是没时间回家休息了，马镜清想，随后决定在办公室睡一晚上。

然而在夜里两点左右，他就被一阵慌乱的声音吵醒了。

值班护士慌张地推开门，结结巴巴地报告了一个糟糕至极的消息——何韵诺出事了。

她死了。

7

身在禁闭室的张雨昂自然不知道康乐家发生了什么事。

清晨六点，药效过去，张雨昂睁开了眼睛。眼前一片漆黑，四周也寂静无声，仿佛连空气都是静止的。

他疑惑不已，这到底是什么地方？嘴里有股血腥味，这让张雨昂想起自己跟安保人员的搏斗，那个嘲弄的眼神此刻清晰地出现在脑海。随后他感觉到自己的身体再次被绳子给绑住了，顿时明白过来这是对他的惩罚。

这会儿他终于可以冷静思考了，他越来越确信，围墙上根本没有所谓的洞口。他也相信自己的判断绝对没有错，刘老板那样的人物他接触过不少，加上周围人对他的态度，足以证明刘老板并非一个精神病人。这么一来，就只剩下一种可能性了：刘老板把自己当成了傻子耍，之前为难的神情也不过是惺惺作态。怪不得刘老板会主动接纳自己。愤怒袭上张雨昂的心头，他的右手攥紧了拳，拼命挣扎，试图摆脱绳子的束缚。他声嘶力竭地大喊"放我出去"，可发出的声音刚一碰到墙壁，就像被完全吸了进去，连他自己都听不清自己喊了什么。

那个梦恍惚间又出现在眼前，他竭尽全力才把那个梦境从脑海中驱除出去。他告诉自己，这一次他知道自己为什么会在这个地方，眼前的一切也绝不是一个梦。可耳边却突然响起了何韵诺的话："康乐家有个地方特别黑，里面都是乌鸦。"

康乐家……乌鸦……他不得不想到，这里或许就是何韵诺所说的地方。

从房间的地板上传来一阵寒意，张雨昂打了个冷战，他的呼吸越来越急促，无论怎么大口呼吸，都觉得下一秒自己就会窒息。理智战胜不了心中的惶恐，他的眼前似乎产生了幻觉，止不住地胡思乱想起来。

黑暗中浮现的，是暮色中的街道，街道对面有一家小小的高级餐厅，而自己身旁站着那位被抢了单的前辈。他面色枯黄，身体瘦弱，眼巴巴地看着对面的餐厅，坐在里面的人正是小程。一个人走了过来，嫌弃地看着那位前辈，前辈却堆出笑容，卑躬屈膝地说："行行好，带我进去吧。"张雨昂惊讶地发现那个人看向自己的表情，也同样是嫌弃的。张雨昂突然感到一股寒意，才发现自己衣衫褴褛，手上都是污渍。接着他发现街道里行走的所有人，都在刻意地躲避他们俩，无论前辈说什么，一些人只是冷眼相待，另外一些人则干脆直接绕开。

接着眼前又变回了绝对的黑暗，张雨昂的耳边出现了无数乌鸦的叫声，他似乎能感觉到乌鸦在一口一口叼走自己的肉。下一秒，他的眼前突然出现了一条小河，是童年里见过的那条，他向河水中望去，看到的却是十几岁的自己。身后走过几个带着孩子的父母，他回过头，却只看到了他们回避的眼神。天空变得昏黄，他恍惚间看到了自己的母亲在街道的另一头，他拼命地喊着母亲，可那个人只是向前走着,一次都没有回头。

房间的灯突然亮了起来,幻觉消失,灯光让窒息的感觉暂时退却,但身体的颤抖没有消失。张雨昂确认般地看向自己的双手,才稍稍放下心来,没事的,他已经不是十几岁的小孩了。接着他眯起眼睛观察四周,房间无比狭窄,左右两边都是墙壁,什么东西都没有,唯一称得上物件的只有天花板上的荧光灯和一旁的摄像头。

摄像头?这证明有人正在观察着房间里的一切。他冲着摄像头喊叫起来,期待很快大门就会被打开,有人能够把他拯救出去,然而还是一样,声音如同被无形中消解了一般,他的呼喊没有任何意义。

张雨昂不知道时间过去了多久,极度疲惫的他再也叫喊不出任何一个字,喉咙干疼得简直像是身处沙漠。这时房间的门才终于被打开,他看不清是谁走了进来,只知道两个人解开了绑着自己的绳子,搀扶着他走出了房间。一路上他依旧心有余悸,双腿不停地打战,无法独立支撑起自己的重量。

被一路带进另一个房间后,张雨昂浑身无力地倒在房间里的座椅上。

他不清楚自己躺了多久,但缺氧感总算是慢慢消失了。

"喝点水吧。"一个声音传来,张雨昂这才发觉眼前坐着曾经见过的那位医生。他身旁则站着两个神情严肃、全副武装的安保人员,正严阵以待地注视着自己。

张雨昂接过水一饮而尽,又喝了第二杯。静坐了十五分钟,理智才逐渐复苏,愤怒取代了恐惧,他终于有力气开口了。

"刚才那个房间是怎么回事?你们没有权力虐待我!"

马镜清稍稍抬起头,他手头放着的正是张雨昂的资料,声音听来却有些疲惫:"你未经允许,就想离开康乐家。你能向我解释一下吗?"

"你们这是监狱!那里是牢房!"

"我们平日里监视你只是为了不让你做出过激行为,这里也不是所谓的监狱,如果真是这样,你现在应该还被绑着。"

"我说过了,我没有病!你们平白无故地把人囚禁在这里,难道就没有想过因此造成的后果吗?"张雨昂站了起来,步步逼近,安保人员走到他身前,拦住了他。

"什么后果?"马镜清挥了挥手,让安保人员让开,看着张雨昂问道。

张雨昂觉得他分明就是在明知故问,嘶喊道:"你们扰乱了我的生活！我现在应该在工作，应该跟朋友们聚在一起，应该过着正常的生活！"

"这是你想要逃离康乐家的理由吗？"

"当然！"张雨昂一拳砸在了桌子上，紧接着就被安保人员给牢牢钳住，张雨昂怒气未消，又踢了一脚。

"老实点！"一位安保人员怒喊道。

马镜清不为所动地看了眼被张雨昂砸过的桌面，低下头翻了一会儿文件，又看向张雨昂。

"实际上，你已经没有办法再回去工作了。"他平静而又缓慢地说道。

张雨昂愤怒地喊道："还不是因为你们非法囚禁！"

"我们不会不经调查就把一个人带来康乐家，请你冷静下来听我说完。"马镜清抬起手，示意安保人员先放开张雨昂，多年的从医经验让他的声音恢复了威严，"在你昏迷期间，我们与警方就你的人际关系进行了调查。你的人际关系相当简单，除了工作联系以外几乎为零。在问询你的日常工作状态时，你的同事也证实你经常有暴躁的行为，工作完成度很低，并且一直以来都不怎么合群。"

"不可能！我在工作中没有出现任何纰漏！"

"是吗？就在你来到康乐家的前几天，你在会议上还对着客户发火。"

"谁告诉你的？根本没有这回事！对了，龚烨可以给我做证，我绝对没有暴躁的举动。"

马镜清摇了摇头，说："这我们早就求证过了，还有，你的老板也告诉我们，他早就想要辞退你了。"

说完他从办公桌上拿起一份解聘协议，递给张雨昂，说："看看最下面的签名。"

张雨昂只看了一眼便如同掉进冰窟，浑身颤抖，手脚冰凉，嘴巴止不住地哆嗦。解聘协议下居然是自己的签名。

"是你自己签的字。"马镜清的声音传来，听起来很遥远。

"这……一定是伪造的！"

马镜清盯着张雨昂，说："经过核实，这的确是你的字迹。即便我们相信你，你也无能为力。事实就是，在3月31日，在你砸毁家之前，你就已经同意公司的解聘了。而在这之前，你还做出过许多暴躁的行为，只是你自己没能意识到。"

房间仿佛突然间震动了一下，张雨昂一下失去了平衡感，再次瘫倒在座椅上，像一个木桩一样钉在那里，一动也不能动。他一时间无法接受，马镜清的每句话都在他的意料之外。

不对，这不可能。就在砸毁家的当天夜晚，自己还在公司加班，这绝不会错。想到这里张雨昂愤怒地把解聘协议撕得粉碎，大喊大叫，他遏制不住想要把眼前的一切撕碎的冲动。可很快就又被牢牢地按住了，怎么也无法挣脱，他放弃了挣扎，只是颓然地看着地上那份被撕碎的协议，看着公司的合同章，看着老板的签名。六年了，他为那个公司辛苦工作了六年，一直兢兢业业，怎么会换来这样的结果呢？他觉得自己被深深背叛了，这种感觉就像被人拿着刀架在脖子上一样冰冷。

马镜清不动声色地观察着张雨昂，看着他的面色愈发惨白，决心打破沉默："张先生，你现在应该做的是配合我们的治疗，尽快摆脱躁狂和痛苦。这样你才能够尽早出院，我们会尽力帮你重归社会的。"

"尽早出院，能有多早？"张雨昂有气无力地问道，他觉得这个问题其实也无所谓了。

"这取决于你。"马镜清说道，"我们会定期检查你的心理状态。只要你能够控制住自己的情绪，我们就可以考虑让你出院。我们会给你一份证明，证明你接受了治疗，并且治愈了自己。"

张雨昂一瞬间想要反驳，可话到嘴边还是咽了回去。现在就连他自己都无法确定自己是否正常,或许一切都不重要了。如果身边的人都觉得自己有病,那自己到底有没有病又有什么区别呢?

他心灰意冷,什么话都不想再听,站起身来推开门准备出去。

马镜清的声音从身后传来:"如果不是你做出了危险的行为,我是怎么也不会让你关进禁闭室的,我知道那个隔绝了一切声音和灯光的地方让人很难熬,没有任何自由可言,只会让人想起自己的痛苦。我想让你知道,通常情况下,我都站在病人这边……"

张雨昂没有听完马镜清的话,径直离开了院长办公室。

张雨昂走后,马镜清长长地吐出一口气,他已经疲惫不堪。时针指向十点。

从两点被吵醒后直到现在,马镜清根本没有睡觉,甚至都没来得及休息片刻。他必须处理康乐家所发生的恶性事件,好在大部分的病人都在药物的作用下安睡着,只有少数几个病人听到了那声猛烈的撞击。即使还有病人被随之而来的那声尖叫和护士们的脚步声吵醒,他也能够找到理由应付过去。

他已经第一时间向投资人做了汇报,他们的应对方式是掩盖这个消息,绝对不能走漏半点风声,毕竟死亡的是一位曾经的知名艺人,社会影响可见一斑。

现在,马镜清疲惫地靠在椅背上,又站起身冲了一杯咖啡,然后吩咐护士把叶灿然叫来。

这个女人暂时还不知道夜里发生的事,安保人员巡房时发现她还在梦乡中,但比起被吵醒而看到事件的病人,她更需要心理疏导。

马镜清想到这里,不由得心情沉重。

8

张雨昂跟随安保人员回到病房,可压根儿就无法平静下来。

没有一个人为自己辩护,没有一个人,龚烨也是如此。不,恐怕龚烨不仅没有为自己辩护,还为自己来到康乐家出了一分力。

现在想想,龚烨那天根本就是话里有话,张雨昂不由得惨笑一声。即使是失眠的那一个月里,他也依然尽力把每天的工作按时完成,那些数据不会说谎,他绝对没有出错。结果呢,他就这么不由分说地被送来了这里。这么一来,就算能够出去,他也没法再在金融行业里立足了，没有人会相信一个患过精神疾病的人。他已不再年轻，没有精力和时间再重新学习一门技能。

他不可能再过上跟从前一样的生活，未来也毫无出路可言，三十岁意味着时间已不站在他这边。

想到这里张雨昂又觉得内心充斥着一股无处可发泄的愤怒，不愿再想下去。他站起身走出病房，跟着护士和安保人员一路走到了活动中心。

刘老板正说着"昨天晚上好像发生了什么事"，余光看到了张雨昂，停下话头，一脸惊讶："你怎么在这里？你不是应该出去了吗？"

说这话时他眼神里却带着藏不住的嘲弄。

张雨昂不想跟他说任何一句话。

"这年头的年轻人，总是翻脸不认人啊。"他慢悠悠地补了一句。

"少装蒜了。"张雨昂咬着后槽牙说。

"装蒜？你倒是让我糊涂了。"

张雨昂的怒火蹿到了太阳穴，他握紧了拳，可陈美芸就在附近，他不可能公然闹事。刘老板肆无忌惮地拍了拍张雨昂的肩膀，说："我理解，你没能出去很生气，不过你也不该用这个态度对待你的恩人，我可是全心全意地想了很多办法，这也不是我的责任。"

"滚。"张雨昂接着骂了一句脏话。

"你这副态度，是不想再出去了？"刘老板说。

"我不需要你假惺惺地帮忙。"

"那你刚起步的公司怎么办，你不是说不出去就会倾家荡产吗？"

"这是我的事，跟你没关系。"

刘老板轻蔑地翘起嘴角，点着头边笑边说了一句："真有意思。"

张雨昂的脸颊因为愤怒而变得通红，他喊道："你笑什么？"

喊声引来了安保人员和陈美芸的注意，刘老板却轻松地挥了挥手。

"我们就是在正常交谈，现在谈话结束了。"他说，随后趾高气扬地看了张雨昂一眼，走到了房间的一个角落。张雨昂只觉得胃里像是灌满了铅，径直走向房间的另一侧。他不想让安保人员看到自己脸上的愤怒，不想被关进禁闭室里。他竭力控制着愤怒，告诉自己不必理会，却偏偏听到那边传来一阵哈哈大笑声，这让他的身体止不住颤抖起来。

"他就是一个人渣。"一个陌生的声音在耳边响起。

"什么?"

"我说的是刚才跟你交谈的那个自以为是的有钱人,他让我想起了很厌恶的一个人。"陌生男子接着说道,"这种人不厌其烦地向周围的人阐述赚钱之道,表明自己的地位,这才是他们一辈子真正苦心经营的事业。不过在我看来,他根本就是一个自私至极的人,相当惹人憎恶。"

这下子张雨昂明白他在说什么了,感激的同时又有些好奇,他看向说话的人。那人看起来比自己大不了几岁,戴着眼镜,脸上干干净净的,没留胡子,看起来也一切正常。张雨昂还是第一次注意到活动中心有这样的人。

"这种人自以为在创造一些什么,可到头来却什么都没有创造出来。不过,这世上多的是这种人不是吗?明明一无是处,却认为自己很有价值。"他摇了摇头,说话的语气听来更像是说给自己听的。

张雨昂第一次听到这样的话,他从没用这个角度去看待过刘老板,不,他从没用这个角度看待过任何与刘老板有相同身份地位的人,他怔了一下。

男人停下话头,淡淡地一笑,没再说什么,转而读起手里的书。张雨昂观察了一会儿,看得出他的确是在认真读书,而不是惺惺作态,并且自动屏蔽了活动中心的杂音。张雨昂当然不明白为什么有人在这种环境里也可以读书,也并不好奇,但很想借此机会跟这个男人说说话。这些日子他除了在食堂和活动中心以外,不被允许去任何地方,他想知道康乐家的日常生活到底是什么样子,这里的其他建筑又有什么用,毕竟现在逃离这里的希望已经彻底破灭。

男人简单地介绍起康乐家,说起这里的基本设施,说活动中心基本上就是用来休息和看电视的,有时候会安排做操,当然这里也会有一些书籍,但最好还是去不远处的阅览室阅读。阅览室旁分别是教室、画室、剧院、体育中心和音乐室。这里虽说是一个精神病院,但设施还算完备,如果他感兴趣,可以在周末的自由时间里去音乐室听音乐,也可以去体育中心打乒乓球。

男人说话的速度不紧不慢,整个人显得文质彬彬,从回答的内容来看,也没有一丝敷衍。不过他们还没来得及说上太多话,一个护士就打断了他们,她叫了声"姜睿",让被喊到名字的人去一趟观察室。

身旁的男人冲护士点了点头,刚想站起身,又回过头看了眼张雨昂,说道:"今天你能回到活动中心,应该是见过马镜清了吧,他还算是一个负责任的医生。不过,为了你自己着想,还是尽可能不要找别人麻烦了。"

这时刺耳的笑声再一次传来，张雨昂不用抬头都能想象到刘老板扬扬自得的模样。他想起了姜睿所说的阅览室，虽然他不知道自己是否被允许进入，但决心去试一试，图个清净。

陈美芸在外边跟几个安保人员和护士面色凝重地交谈着，张雨昂走向陈美芸，却在半途被刘老板一行人拦截住了。

"你这是要去哪里？"

"让开。"

刘老板站在原地，显然不想让张雨昂就这么过去。

"我说过了，让开。"

"行。"刘老板微微侧身，让开了一条路，就在张雨昂与他擦肩而过的时候，他突然说道："我早就知道你不是什么公司老板了，一切都是你编的。我之前身边多的是像你这样的人，是真是假我一眼就能看出来。你们眼神里的卑微和虚荣，就像患病的人身上的臭味，根本藏不住。我看，你最多就是一个小职员，之所以那么着急想出去，是因为害怕丢了工作，怎么样，我说对了吗？"

说完他又笑了起来。张雨昂再也忍受不了这种取笑，他害怕麻烦，害怕被关禁闭，他明白姜睿为什么会好心提醒自己。跟刘老板作对显然会对自己不利，但他现在已经没了工作，还有什么好顾忌的呢？

张雨昂转过身，正对刘老板，冲着他的面门就是一拳。这一下来得太过突然，显然刘老板没想到张雨昂会这么做，一时间没有做出任何反应。

张雨昂看着他嘴角流出的血，微笑着说："咱们扯平了，刘老板。"

安保人员冲了进来，陈美芸气势汹汹地赶到，责问道："发生了什么？！"

"你看不出来发生什么了吗！"回过神来的刘老板愤怒地喊道。

"又是你！"陈美芸看着张雨昂，目露厌恶，脸绷得很紧，"我看你是想再被关到禁闭室里。"

"无所谓。"张雨昂没有理会陈美芸，一脸无惧地死盯着刘老板的脸。

陈美芸不屑地撇了撇嘴，若有所思地点了点头，招呼来安保人员准备采取下一步行动，这时一个护士走近她，在她耳边说了几句。

陈美芸不耐烦地哼了下，示意安保先停下，走到一边请示了马镜清。今天中午马镜清刚开了一场内部会议，吩咐所有的事都要让他知晓后再做决定。

"这件事之后再处理。"马镜清在电话里说。

"之后再处理?院长你该不会是老……是没听清吗?那个病人打了刘老板!"

"行了行了,你还嫌今天康乐家不够乱是吗?还有,他有名字。"

"可……"

"我今天还有很多事要处理。"还没等陈美芸说完,马镜清就挂了电话。

陈美芸心生不快,但总不能直接与院长作对,要搁平时,她压根儿不会打这个电话,直接给张雨昂打上一针就是了。她走回两人中间,对张雨昂说道:"今天就先放过你,但别以为你不会受到惩罚,告诉你,我们的治疗室一直空着。"

刘老板显然无法相信自己的耳朵,他脸上是一副难以置信的表情,叫住了陈美芸:"你们必须现在就给我处理这件事!"

"刘老板,"陈美芸回过头说,"现在我们没有余力处理这些,今天早上发生的事你应该也清楚,这件事我们之后会处理的。"

说完陈美芸不再回头,步履匆匆地走到了外头,跟外边的护士继续她们之前的交谈。

几个安保人员依然警惕地看着张雨昂。刘老板先是骂了几句,而后感受到张雨昂凶狠的眼神,他挪开了自己的视线,欺软怕硬的他也不敢回手,他从张雨昂的眼神里看到了"拼命"两个字,他从来没有亲自跟敢豁出命的人打交道。刘老板不明白为什么张雨昂没有受到惩罚,难道是自己的判断错误了?不,不会的,眼前的这个人绝对毫无权势可言。他摇了摇头,指了指张雨昂,招呼着那群人走开了。

冷静下来的张雨昂茫然地看着自己的手,报复的快感已经不重要了,他满脑子都是刘老板所说的那句一眼就能看出来的"卑微"。他又想起了这些年自己的生活方式,心里愈发迷茫和困惑。

"那种卑微和虚荣的臭味真的存在于我身上吗?"他忍不住这么想。

就在此刻,康乐家响起了一阵铃声,病人们都被召集到了活动中心。

9

安保人员把守着大门,几个护士站在一旁让大家都坐下,陈美芸带着另外一群人行色匆匆地走向了病房的方向。

张雨昂最初以为是康乐家有什么事要宣布或是要举办什么活

动,但护士们什么都没做,只是让病人们安静下来。

这是怎么回事?张雨昂摸不着头脑。

不久,病人们再也按捺不住好奇,开始窃窃私语。

"看来是真的出事了啊。"

"可不是,昨晚你没听到动静啊。"

"什么动静?"

"听说有个病人……撞墙自杀了,你没看到陈护士刚才去的是病房吗?我看他们就是去收拾那个病人的病房的,把我们召集在这里,是为了不让我们看见。"

"……为什么会做出这种事?"

"我也不清楚,估计是受了什么刺激……"

"死了……就什么都没了啊,唉。"

撞墙自杀?张雨昂想起了第一天来到康乐家时所听到的声音。他很想知道那个死去的病人是谁,但又不想与那些人过多交谈,只好左顾右盼,想看看到底是谁消失不见了。这时他看到有一个女孩默默流着眼泪,那模样让张雨昂觉得很是凄凉。然后他才发觉,怎么也看不见之前跟自己说过话的那个叫作何韵诺的女人。

"我前阵子就觉得她情况不对,果然啊。"说话的人声音很熟悉,张雨昂向着声音的来源看过去,刘老板一行人依然旁若无人地讨论着,"也不知道她怎么会这么想不开,明明在外面也能过上好日子。"

"什么意思?"另一个人问。

"她以前是一个歌手啊,"他说,"还挺红的,艺名叫何晴。"

"原来是明星啊,大明星为什么会来这里……"

剩下的话张雨昂再也听不清了,他刹那间把所有的事情都对上了号。他想起那天查房的时候护士讨论病人的八卦,对话里透露出那个病人之前是一个"大明星",只不过那时张雨昂一心想着出院的事,压根儿就没有多想。那个疯疯癫癫的女人居然真的是自己在电视里看到的女艺人吗?震惊之余,张雨昂的心头弥漫起一股无名的恐惧。

他试着想象到底是什么样的痛苦,能让人下定这样的决心。

然而他不知道这种自问是徒劳的,只有人们自己才知道自己到底有多痛苦,无论怎么样设身处地地去想象,最终都无法得到一个相同的结果。

这会儿另一个不成形的想法闯进了张雨昂的脑海,他觉得浑身都被电了一下。

潘多拉的魔盒被打开了。

死亡本身当然让人觉得恐惧，尤其是对张雨昂而言。他才刚刚来到康乐家，根本来不及搞清楚所谓的精神疾病是什么，身边也从未有人选择结束生命。然而这会儿让他觉得恐惧的，却是无关死亡的事。在来到康乐家之前，他的毕生追求，行业内所流传的，甚至是所有的社交媒体中所宣扬的，都是龚烨那天所说的："金钱才是最好的补品啊，神仙难救的事情，钱能救。"因为钱是治疗贫穷的特效药，是唯一的药。

穷是所有痛苦的根源。

因为穷，才会被人看不起；因为穷，才会遭到亲人的背叛。只要成功，人们自然就会高看你一眼，说过的话都能变成真理，尊严自然就能得到。有了尊严，就不可能被抛弃，生活便不再苦恼。那么……何韵诺呢？

他还能清晰地想起那档综艺里人们谈论起她时羡慕的眼神，想起那些观众的狂热，他觉得那就是他心目中的"成功"。张雨昂问自己："如果她这样的人都会被人抛弃，那我的追求又算怎么一回事呢？还是说，有一天我的追求反倒会让我觉得痛苦，让我无法再被外面的人忍受？"

他被自己冒出的这个念头吓住了,刹那间浑身无法动弹。

就在这时,一件意想不到的事情打断了张雨昂的思索,一阵叫人觉得胆战的呕吐声响了起来。张雨昂看向声音传来的方向,看到那个哭泣的女孩浑身颤抖,脸色煞白,先是打翻了桌椅,又瘫倒在地,一边呕吐一边抽搐着,不久后开始喊叫,可没人听得清她到底在喊什么。整个活动中心瞬间变得一片混乱,几个坐在她身边的病人看起来被这声音吓坏了,护士们赶紧冲了进来,试着把她扶起来。然而只是轻轻地触碰,她就像被烫到了一样,整个人往后缩,不住后退。见此情景,这几位年轻的护士因为没有经验,面面相觑,不知道该如何是好。

一位医生赶了过来,给她打了一针,又急急忙忙地招呼来几个安保人员,把女人架出了活动中心。张雨昂一头雾水地看着眼前的一切,他不知道到底发生了什么。周围的一些病人转变了讨论的话题,像是何韵诺的死亡不再重要了似的。那些疑惑的人不再疑惑,那些震惊的人不再震惊,那些惋惜和悲痛的人也不再惋惜和悲痛。他们转而说起那个突然呕吐的女孩在这时候犯病,看来何韵诺是真的出事了,继而滔滔不绝地说起她们俩的关系,说起她们有多么亲密,还表示她说不定跟何韵诺的死有什么关系。

他们兴致勃勃地谈论着,张雨昂没有兴趣再听。

那个女孩到底因为什么犯病跟自己毫无关系,他的思绪依然停留在"何韵诺的死"这件事上,停留在"这么一个人为什么一心要结束生命"这件事上。回过神来,身边的人依然在讨论,即使安保人员几次呵斥,也不过是让讨论声小了一些。目光所及之处,张雨昂只看到两个病人保持着沉默。一个是不知道名字,正古怪地摇着头的小男孩。

另一个是姜睿,他也沉默地看着周围的人群,面色凝重,接着看到了张雨昂的眼神。

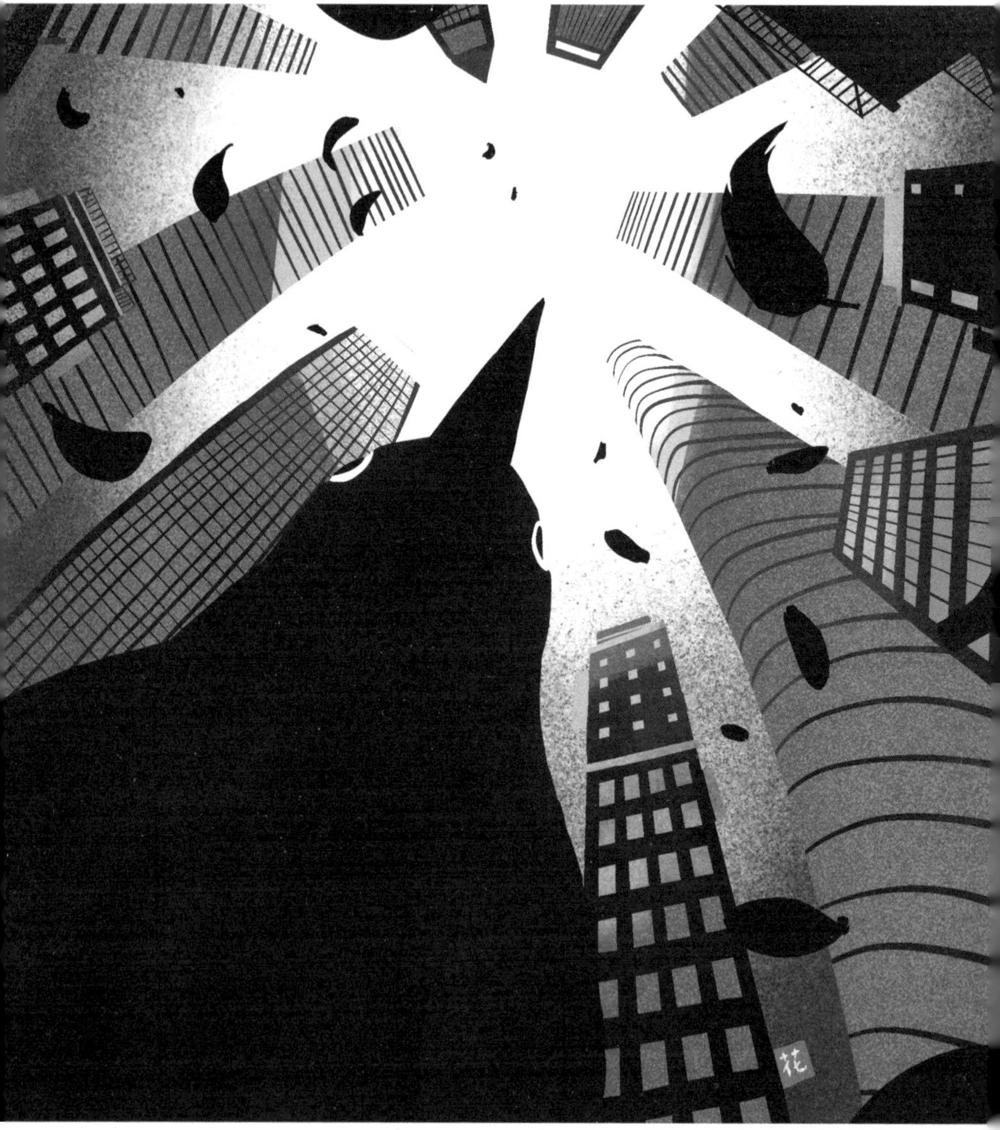
花

第三部分

遗忘的,记起的

> 每个人都值得被好好对待。

10

第二天早饭后不久,所有人在走去活动中心的路上都听到了隐隐约约的音乐声。

明明是一首舒缓温柔的曲子,张雨昂却觉得自己听出了其中隐藏的痛苦。说来奇妙,他对音乐本一窍不通,或许这是因为他的处境发生了天翻地覆的变化:现在他在康乐家,身边不时有人犯病,甚至还有人选择结束自己的生命。

他快步走到活动中心,找到姜睿。

姜睿正和那个小男孩说话,小男孩手里拿着一张卷起来的纸。张雨昂走了过去,姜睿注意到张雨昂,向着他点点头,小男孩看起来却似乎完全没有发觉有人出现。

"不知道灿然姐姐现在怎么样了,"小男孩说,"今天早上我没有见到她。"

"别担心,给她一点时间。"

"我不该去打扰她对吗?"

"是的。"姜睿点点头,表情严肃。

张雨昂没有打断他们,只是静静地坐在一旁,看着周围的人。

活动中心的人们跟昨天相比没有什么不同,大家依然做着自己的事,似乎昨天只是一个风平浪静的普通日子,什么事都没发生。

不一会儿一个护士走了过来,对小男孩说一会儿要接受治疗,需要暂时离开。

姜睿看了一会儿小男孩消失的方向,又看向后山,接着才回过头,看了会儿张雨昂,问:"你还好吗?看起来心事重重的。"

张雨昂的声音听来有些沙哑:"康乐家经常发生这样的事吗?有人这么突然死去。"

姜睿愣了一下,而后摇摇头,沉默少顷后开口:"大部分死亡都是因为心理疾病引发的其他疾病,像昨天那样的突发情况……很少见。"

"你对……何韵诺很熟悉吗?"

"怎么突然这么问?"

"昨天大家在讨论何韵诺的事时,我注意到你面色凝重,今天也是一样。"

姜睿陷入了沉默,再开口时却没有直接回答。"你认识她?"

"不认识,只是之前在电视节目里看到过。"

"这样啊……我跟她也谈不上很熟悉,"姜睿说,"说过几次话,但那已经是很久之前的事了。你有什么想知道的?"

张雨昂不知道该怎么开口,只觉得胸口有些闷,他调整了坐姿,但还是觉得不太舒服。他真希望忘了何韵诺的事,那不过是个萍水相逢的陌生人,是一个跟自己一点关系都没有的人。他知道如果只是在网络上看到这个新闻,如果身处另一个环境,他绝不会为此困扰。他的背后突然升起一股凉意——自己之所以会对这件事这么在意,说不定是因为害怕,害怕自己最终也会走向相同的结局。

"你的脸色看起来很不好。"姜睿突然说,"昨天我们说话的时候,你脸上还写着愤怒,但今天,就换成不安了。"

张雨昂有些诧异,抬起头看向姜睿,却发现他正盯着自己,但张雨昂并没有觉得不舒服,因为姜睿的眼神里没有任何攻击性。

"我在这里已经待了五年,"姜睿似乎看穿了张雨昂的心思,解释说,"不是有句老话叫作'久病成医'吗,一个人的状态如何,我多多少少能看出来。我想,你之所以会问我何韵诺的事,不仅仅是因为好奇吧?"

这下张雨昂必须得给出解释了，他第一反应是想要找个借口搪塞过去，但找不到任何说辞。

"我不知道能不能表达清楚，"张雨昂挑选着合适的话，"就在几天前，我还有着一份体面的工作，工作就是我的全部。我根本不知道还有康乐家这种地方，更不可能会遇到像何韵诺这样的事。"

姜睿一动不动地等待张雨昂把话说下去。

"呃，在我们的行业里，大家都追逐物质。因为我们都相信所有的烦恼都可以靠金钱来解决，收入后面的'0'越多，就代表着自己越有价值，这种价值与年龄、资历，甚至品行都毫无关系。只要你赚得足够多，人人都会高看你一眼，自然什么烦恼都可以解决。钱是所有的问题的来源，也是所有问题的答案。"说到这里张雨昂又犹豫起来，自己说的这些姜睿真的能理解吗？可他已经说了一半，也只能继续说下去。

"可这样的想法真的正确吗？如果是这样，为什么'很有价值'的何韵诺要离开这个世界呢？可如果这个想法是错误的，那为什么还有那么多人把它奉为真理呢？"

姜睿没有立刻回答，而是沉思一会儿，有那么一瞬间，张雨昂开始后悔自己说了那么多。幸而沉默没有持续太久，姜睿开口了:"或许答案比你想象的更简单。对有些人来说,金钱代表了全部,可以排忧解难;对于另外一些人,就不行。"

张雨昂皱起了眉。

"我还是觉得不对劲,"他说,"之前我说在电视里见过何韵诺,那是一个音乐综艺节目,她在节目里表现得很开朗,完全不像一个病人,这前后的反差太大了。"

"门前快乐的,关上门未必也快乐;人前微笑的,人后或许在痛哭。"姜睿不动声色地说。而后他突然话锋一转,问:"你之前说根本不知道有康乐家这种地方,那你又是怎么来到康乐家的呢?"

这个问题来得猝不及防,张雨昂愣住了。

"换个问题好了,你之前的工作还顺利吗?"

张雨昂不明白为什么他会这么问,如堕五里雾中,犹豫了一下,还是回答:"我认为自己做得还不错。"

"那就对了,如果你在工作上表现得不错,而金钱又能解决你所有的烦恼,那你为什么会来到康乐家呢?"姜睿说道。随后他爽朗地笑了,说:"总不能是因为突然之间破产了吧?"

张雨昂犹豫着要不要告诉姜睿实情,这期间姜睿没有催促,而是又看向窗外的后山,看着其中的一棵树出神。

"马镜清说我得了躁狂症,我思来想去,如果真是患上了躁狂症,也是因为失眠。可我的失眠却是因为一个莫名其妙的噩梦,这里面的前因后果我根本搞不明白。"张雨昂终于决定开口,把那个梦境简略地告诉了姜睿,他不想透露太多,说话时他握紧了双手。

"做那个噩梦之前发生过什么特别的事吗?"姜睿思索片刻后问道。

"没有什么特别的,"张雨昂摇摇头,"照常上班,跟同事聊天,处理工作,陪客户吃饭,回家。"

"我没法告诉你答案,"姜睿稍停了一会儿,认真组织语言,"这些年我见过很多来到康乐家的病人,其中的大多数都是因为某一个非常具体的刺激,比如生活突遭剧变,无法接受命运的反差。你的情况让我想起了前不久在书里看到的一个观点:成年人的崩溃是一瞬间的,但让他崩溃的原因却是一天天累积起来的,或者说,需要追溯到很久以前。"

"你是说,让我做噩梦的不是某一个具体的刺激,而是一天天累积起来的东西?"

"嗯,如果是这样,就只有你自己才能找到答案,或许连医生都很难。"

张雨昂的眼神黯淡了下去,说:"自从做完那个梦之后我就一直试图搞清楚梦的意义,可始终找不到答案。我想知道困扰何韵诺的到底是什么,说不定对我有帮助。"

姜睿拍了拍张雨昂的肩膀,说:"每个人的情况都是不同的,你还是不要把宝押在别人身上比较好。不过如果你真想知道,或许叶灿然能给你答案,但她现在状态不好,之后我带你去。"

叶灿然……张雨昂在心里默默记下了这个名字。

"你也不用太着急,我相信你能靠自己得到答案的。'不识庐山真面目,只缘身在此山中',现在你已经不在'此山'中了,一条道路能通往哪里要到了远方才能看清楚,对于自身的理解也是一样的。只是有一点很清楚,你之前的生活方式里,一定有什么是不正确的。"姜睿的语气俨然一个经验丰富的医生。

"你为什么会在康乐家呢?"张雨昂忍不住问道,"听起来你根本就不应该在这里。"

姜睿笑了笑,没有答话。

这时陈美芸走了过来,打断了他们的对话,带着张雨昂离开了活动中心。

一路上陈美芸有意无意地说起昨天他打刘老板的事,那件事绝不会不了了之,马院长现在说不定就是要找他算账。

张雨昂完全没有心思听,他满脑子都想着姜睿刚才所说的话,想着何韵诺的事,想着叶灿然到底是谁,想着那个梦。

而留在活动中心的姜睿一直看着张雨昂走远了,才合上书走到了活动中心外边。

尽管已经是四月了,可山中没有太多春意,吹来的风依然有些寒冷。他也想着何韵诺的死,想着张雨昂脸上的困惑,抬起头看了看天空,看着云朵随着风缓缓移动。

他没有说谎,自己跟何韵诺的确算不上太熟悉。

但何韵诺的死依然给他带来了强烈的冲击,不仅仅是因为她同是康乐家的病友,还因为这件事让他想起了另一件事。

那件让他来到康乐家的事。

想到这里他离开后山,走向了音乐室。

11

康乐家的另一边,张雨昂推开院长办公室的门,面无表情地看了眼门边的安保人员,径直走到马镜清办公桌前的椅子上坐了下来。

"我知道你为什么找我。"张雨昂说。

马镜清放下笔,用极其细微的动作缓解了一下背部的疼痛,抬起头说:"昨天的事你的确应该受到惩罚,但今天找你来是另有原因。你来到康乐家已经一周了,现在我们决定让你接受集体治疗。简单来说就是建立小组,共同做一些事情,与周围的人建立感情,在互助中进行行为矫正,找到自我。"

"我不需要。"张雨昂语气强硬。

"据我所知,你在北京一个真正意义上的朋友都没有。"马镜清突然话锋一转。

"怎么可能没有……"说到一半张雨昂觉得喉咙有些干涩,再开口时语气变得生硬,"这跟我的病有关系吗?"

"如果有的话,为什么你没有把自己的情况告诉任何人呢?"

"所以呢?"

马镜清顿了顿,坐直了身,问:"不会寂寞吗?"

这个问题让张雨昂怔了一下,从没有人这么问过,他也从没想过类似的问题。马镜清一边等待张雨昂的回答,一边饶有兴致地看着他,像是要把他的内心看透一般。这种眼神让张雨昂很不舒服,是一种让人觉得自己无所遁形的眼神。

"没什么可寂寞的,光是手机里的东西就足够填满所有时间了，可以购物，可以看视频，谁有时间去寂寞？对了，你刚才说我没有朋友？看来你们的调查根本就不够，只要我想找能说话的人，就随时可以通过手机找到。"张雨昂刚开始说话时声音有些发紧，而后才连贯起来，不满逐渐代替不安。

"这样啊。"马镜清轻轻点了点头，又靠回椅背，表情没有任何变化。

"所以你根本什么都不懂！"张雨昂的声音大了起来，"说到这里，把手机还我，那是我的私人财产。"

"手机不利于你的治疗。"马镜清平静地说道。

张雨昂的头开始痛了，他说："我不明白手机为什么会耽误治疗。"

马镜清没有立刻回答，而是从抽屉里找出一把钥匙，在柜子中找到一个文件夹。又坐回座位上，前后翻阅了几页。张雨昂觉得很不耐烦，看着身边的安保，才没有发作。

终于，马镜清放下文件夹，直视张雨昂，说："这是关于你的病历，还有一些调查文件。"

张雨昂撇撇嘴，没搭话。

"除开工作，你为数不多的空余时间几乎都花在了购物软件上，失眠期间更是如此，这点没错吧？"

"这有什么奇怪的？"

马镜清打开文件夹，直起身，把里面的文件一一摊在桌子上，指着其中的几张图片说："虽然你的东西大多被砸坏了，但依然很容易做出一些判断——你的黑胶唱机没怎么用过，配套的几张黑胶唱片甚至都没拆封。书柜里的书也是如此，看起来没有翻阅的痕迹，不过你倒是有五个台灯。厨房里的厨具是崭新的，但应该不是最近才买的，冰箱里也只有饮料和酒。你还有一些价值不菲的茶具，偏偏没有茶叶。据我所知，你还贷款买了辆车，但后来就没怎么开过，车玻璃都落满了灰，内饰一片混乱，你也没有想过清理。还需要我说更多吗？"

张雨昂觉得身上像是有只蚂蚁爬来爬去，他挠了挠背，可身上其他地方又开始痒了。

马镜清顿了顿，接着严肃地说道："购物软件利用越发精确的大数据，诱惑你买高档的生活用品，把你们平时讨论的，把你们只是好奇的，甚至只是随口一提的，都直观又光鲜地呈现在你们面前。只要你身边的一个人拼命工作买那些东西，你就会跟着做。"

"追求精致生活是没有错的，重点是要追求一种适合自己的生活，追求一种你所喜欢的生活，但买来的那些东西你压根儿就没用过。陷阱恰恰就在这里，软件里展现的并不是你真正需要的，而是恰好比你能够承担的价格只高一点点的商品。是那些你只要踮起脚，透支未来也好，透支身体也罢，就可以触摸到的，好看的、新奇的东西。"

说到这里，马镜清停顿了一下，看向张雨昂，探究的眼神久久地停留在他身上，问："你知道，这意味着什么吗？"

张雨昂觉得嘴唇干涩，他舔了舔嘴唇，下意识回避了马镜清的眼神，说："能意味什么？意味着要多赚钱？"

马镜清笑了，说："这意味着你永远过不上他们给你展示的生活，永远会差一点，因此会产生诸如此类的情绪：失望、空虚、落寞，以及针对你的情况而言，过大的压力和愤怒。"

"说的好像我只要离开手机，一切就能恢复正常一样。外面那么多人都在用手机，怎么就没有人进康乐家？"说话时张雨昂握紧了拳。

马镜清不为所动，他说："你的问题当然不仅仅是手机，这只是冰山一角而已，我提出这些是为了让你更好地了解自己的处境。当然，离开手机不能解决你的问题，但你必须做出改变才有可能得到治愈，我想你应该有很长一段时间没有离开过手机了吧。不过我倒是可以回答你提出的第二个问题。手机最初创造出来的时候，只是为了让人们方便联系，联系的目的是让人们见面。你说得没错，现在手机有了更多的功能，人们也的确离不开手机，但你用手机娱乐以及购物来填满你的生活，而不是与人交往或者做一些别的真正有价值的事，比如学习。并不是每个人都像你一样的。"

"我身边的人都这样！"

"你身边的人就代表了所有人吗？还是说，只要身边的人都这样做了，这件事就对了？"

张雨昂再想不出任何反驳的话，此刻他觉得自己就好像赤裸着坐在马镜清面前。

"还有，你之前说只要想，就能在手机里找到说话的人对吗？你手机里最常出现的联系人叫作龚烨，他是你的朋友吗？"

一股无名火蹿到张雨昂的脑门，他吼道："那样的人当然不是我的朋友！"

马镜清反倒笑了，说："朋友的定义你这不是很清楚吗，工作场合能说几句话？一起喝酒？一起出去找乐子？不，这不是朋友。朋友是可以互相倾诉自己内心的人，换言之，朋友是你能够坦然展现自己脆弱的人。你展示过吗？"

张雨昂像是撞上了一堵透明的墙，他并没有接受马镜清的说辞，但无力反驳，最后沉重地叹了口气，说："你说这么多，是为了让我接受集体治疗对吧。我明白了，我接受，可以了吗？这样我就可以治愈自己了，对吧？"

"这只是一个开始。"马镜清答道。他又停顿了一下，接着说："记住，我们的集体治疗是让你理解自我，找到你最真实的想法，并重新与人建立联系。就你的情况而言，这才是最重要的。"

说完他递给张雨昂一份文件，说："这是你的日程安排时间表，一周有三天的下午你会被安排到画室，其他时间你还需要参与其他的活动。另外，周末是自由活动时间，可以睡到八点，这两天你可以选择绘画、读书、体育活动，参加互助小组，或者去后山种植。"

张雨昂一时间对马镜清充满了戒备，他的声音变得异常紧张。

"你们为什么会安排我去画室？"

"背景调查是我们的工作之一。"马镜清说，"你小时候经常绘画，这种信息很容易查到，当然还有后来发生的一系列事件。放心，我们没去打扰你的父亲。"

张雨昂稍稍松了一口气,还想再问些什么,但马镜清结束了谈话。

"下午你就可以去画室了。"

说完他叫来了下一个病人。

12

午饭后,张雨昂被带进画室。他看到墙壁上挂着几幅画,都是清一色的自然风光。但这些画作都不用细看,就能发觉其中的粗糙,简直就像是刚接触绘画的孩子所画出的。座位上也没有画笔,没有画板,只有简单的彩色铅笔。

张雨昂原以为画室会有专业的老师,可坐在前方的护士看起来并不会画画,所谓的集体治疗现在看来只不过是一群病人在一起自娱自乐。

他不耐烦地下撇嘴角,他要寻找的是梦的意义,是失眠的原因,是困扰何韵诺的事,在画室自娱自乐无疑是浪费时间。更何况,上次绘画已经是十八年前的事了,那年他才十二岁。

"你为什么不拿起画笔呢?"年轻护士走到他身边,说道,"听说你以前很会画画。"

"别搞得你跟我很熟一样,其实你们根本就不了解我。我已经很多年没有再画过了,绘画对我来说毫无意义。"张雨昂的声音里弥漫着他不自觉的愤怒。

护士一时语塞,她刚来康乐家没多久,还不知道怎么对付这里的病人,好半天才想出一句。

"请你先冷静一下,只是拿起画笔画一幅画,你不会有什么损失的。"

"那我能得到什么呢?"张雨昂怒目而视。

"我不知道,"护士小心翼翼地说,"可你现在也没别的事做不是吗?如果你实在不想画,那就不画,但不能离开这个房间,否则我就要叫安保人员了。"

"好啊,那我可就不画了。"张雨昂耸耸肩,对身边的病人说,"看吧,这位护士根本拿我没办法,如果有人不想画,欢迎加入。"

几个病人抬起头,想看看发生了什么事,这让年轻护士的脸涨得通红。张雨昂感受到了一种异样的快乐,他扬扬得意地看着护士。护士手里拿着一本书,身体微微颤抖,低下头不再管张雨昂,这让他差点忍不住想要庆祝自己的胜利。

这时他身后响起了另一个护士的声音。

"今天的绘画小组怎么多了一个人？"她问道。

张雨昂回过头去，发现她身后跟着之前见过的那个小男孩，看起来他也是绘画小组的一员。

年轻护士走过去跟她耳语几句，另一位护士点了点头，看了眼张雨昂，张雨昂一眼就看到了她眼里的愤怒和厌恶，这让他内心生出一股寒意，因为那与陈美芸看待自己的眼神一样。欺负一个年轻的护士，以此为乐，跟刘老板他们又有什么区别？刚才还萦绕在张雨昂心头的那丝快乐瞬间消失得无影无踪，一切又变得索然无味。

年轻护士走到小男孩的身边，问他："小勇今天准备继续之前的画，还是画一幅新的？"

"想不起来了。"小男孩的语气异常呆板。

想不起来？这回答得也够奇怪的，不过张雨昂可没有心思去搭腔。

过了一会儿，小男孩似乎想起了自己要画什么，等张雨昂再次看向小男孩，他已经认真画了起来。张雨昂顿时觉得百无聊赖，视线再一次回到画纸，此刻他的抵触情绪也少了一些。是啊，不过是画一幅画而已，能损失什么呢？他看向双手，这双手已经多年没有碰过画笔，之前它们一直都在电脑键盘上活动，他一时间觉得这样的双手很是陌生，如今的自己怎么可能还记得怎么绘画呢？

张雨昂扭过头，怔怔地看向窗外的风景。
这是他来到康乐家之后，第一次注意到这里的天空。

天蓝得像是从海水里捞起来的似的，雪白的云朵静静地悬浮在空中，像是风筝一般静止不动。由于空气清澈，那些云朵低得就像是一伸手就能摸到，视线尽头的山峰上蒙着一层淡淡的蓝色水雾。这样的风景让张雨昂想起了小时候看到的那片田野，不知不觉，他想起了那时的自己，想起了那时对绘画倾注的热情。

他是独生子，父母很早就都去城市里打工，一整年能见面的次数屈指可数。一天老师让学生们画下自己的父母，这是张雨昂第一次接触到绘画，立刻就感受到了在绘画中表达自我的乐趣。父母最初也都很支持，镇里每有绘画比赛时，张雨昂次次都参加，希望可以获得最好的名次。一旦拿到名次，他都会第一时间用公用电话跟父母分享喜悦，父母也会在电话里称赞他。

那时的张雨昂是快乐的。

可没过多久，母亲接电话的次数越来越少，都是父亲来接。当他想听听母亲的声音时，母亲却似乎总不在父亲身边。这时的父亲对自己绘画比赛拿奖这件事也不再热衷了，最初还会转移话题，后来张雨昂一提起，父亲就会生硬地打断他，说不上两句话就挂断电话。他当时只是觉得父母太忙了，丝毫没有发现背后的危机。

张雨昂记得很清楚，事情是从什么时候开始变糟糕的。

从小到大，他最期待的就是春节，因为只有在那时才能见到父母。那年的冬天格外冷，寒风似乎能吹进人的骨头，然而十一岁的张雨昂还是早早地赶到了车站边，等着父母回来。等待的时间是那么漫长，他的鼻尖被冻得通红，浑身忍不住打冷战，只能靠跺脚来驱赶寒冷。可他又是那么开心，即便如此也依然坚定地等待着，心里的温度没有因为寒冷而有丝毫冷却。

终于，父母出现在车站的门口，他一眼就从人群中看到了他们，向着他们跑了过去。母亲看到他，露出了一个笑容，小小的张雨昂还看不懂这笑容背后掩藏的无力。

他从书包里掏出了一幅画，画里是母亲，他还以为母亲会笑着称赞他，就像记忆里的那样，可母亲只是摸了摸他的头，什么话也没说。他抬起头，看向母亲，母亲的视线里压根儿就没有自己，只是看着前方，脸上也完全没有笑容。

"妈妈，你是不喜欢这幅画吗？我可以画得更好的。"张雨昂小心翼翼地开口。

母亲似乎没有听到这句话，她没有低下头，也没有回答，僵硬的脸上还是没有一丝笑容。他看向父亲，父亲一贯是沉默寡言的，但脸上的皱纹比之前更深了，整个人看起来很是憔悴，一时间有些陌生。

那一整个春节，张雨昂都没有再看到母亲的笑容。
那个春节之后，张雨昂就再也没有见过母亲。

如果不是视线开始变得模糊，张雨昂都没能意识到自己被困在了回忆里。

已经过去那么久了啊，他吐出一口气，使劲摇了摇头，不愿再想下去。眼下唯一能转移注意力的事，似乎只有绘画。于是他再次看向窗外的风景，双手不自觉地动了起来。最后，他沉浸在了绘画的世界里，那里没有回忆，也没有围墙，有的只是一片一望无际的蓝色天空和山峰。

一小时过去，张雨昂的眼前出现了一幅还算完整的画作。他怔怔地看着手里的画,享受着片刻的愉悦,这是他来到康乐家后,过得最快的一个小时,他终于找到了一个能让时间显得不再那么漫长的方式。

他低下头,想继续修改这幅画,一双手却突然把画纸给抽了过去。是那个小男孩。

"你在做什么?"张雨昂问。

小男孩没有回答,只是皱着眉端详起那幅画,他认真的模样让张雨昂丈二和尚摸不着头脑。"你知不知道不能随便拿别人的东西?"张雨昂强压着怒火问。

"我只是确认一下,给你。"

"你到底要干什么?"

"你得教我画画。"

"你说什么?"张雨昂吃了一惊,看向说话的男孩。

这个男孩有十一二岁,长得倒是端端正正,只是鼻子上有一条显眼的疤痕,脸上的表情说明他刚才的要求可不是随口一提。

"我没有这个闲工夫,你去找别人吧。"张雨昂说,挥了挥手。

小男孩的语气没有任何变化,说:"你画得比这里的其他人都强一些。"

"所以呢?我该谢谢你?"张雨昂嘀咕了一句。

小男孩面无表情地摇了摇头,说:"所以你得教我画画。"

这里的人是不是都听不懂人话?张雨昂一阵头疼。他决定不再搭理,可小男孩依然站在张雨昂的身旁,像一座雕塑一般一动不动。

真要命,张雨昂抬头看向护士:"护士,你不做点什么吗?"

年轻护士却咧嘴一笑,说:"这孩子很固执的,再说我们进行集体活动的目的,不就是让你们多交流吗?难得这孩子主动跟你对话。"

说完又介绍两人认识:"正好你们互相认识一下,这孩子叫程一勇,这位哥哥叫张雨昂。"

张雨昂哑口无言,又想起马镜清的话,心想护士怎么可能站在自己这边呢。

"你想要画什么?"他放弃了。

"画一个重要的朋友,我一直都画不好。"

"那就是肖像画了,肖像画不是那么简单几句就能解释清楚的,等下次再教你,我得准备一下。你也回去准备一下,想一想你朋友的特征,还有想要画下的场景,就这样,别再打扰我。"

"行,别以为我是小孩子你就可以说话不算数。"程一勇说,那语气就好像张雨昂欠了他一份很大的人情,说完就立刻回到座位上画起了自己的画。

张雨昂无奈地摇了摇头,心里暗自祈祷明天这个小男孩就把这件事给忘了。

代表着活动结束的音乐声响起，晚饭时间到了，画画时间告一段落。人们纷纷走向食堂，吃饭时张雨昂看到了奇怪的一幕：程一勇趁安保人员不注意，偷偷用一团餐纸包住了几口米饭，然后小心翼翼地放进了上衣的口袋里。不过很快他就把这件事抛在了脑后，他告诉自己这里是康乐家，不能用正常的思维逻辑去看待这里发生的事，他也没有闲工夫去关心别人。

吃完饭后张雨昂听到刘老板一行人边走边提起早上传来的音乐声。

"音乐室里的人到底是谁啊？从一大早就开始放音乐，到现在没停过，就算是来了什么音乐治疗师，也不能这么过分吧，马镜清就不管管吗？"其中一个人问。

"我刚在音乐室附近看到叶灿然了，"另一个人搭腔，"就是那个死去的大明星的朋友，我记得她们之前就老聚在音乐室里。"

"……叶灿然？"张雨昂心里一惊，原来在音乐室里的人就是叶灿然，这么说起来，之前犯病的女孩也是她。

"什么大明星，我看她就是想红想疯了，才来这里的。你看看她后来人不人鬼不鬼的，哪儿还有当明星的样子，我看她还不如街头卖艺的。"

"明星跟街头卖艺的本来就没区别,"刘老板说,"只要有资本的助力,明星这玩意儿谁都可以当,谁当也都一样。得了,咱们也不要再提她了,晦气。哪天我跟马镜清说说,让他赶紧让叶灿然出院得了,看着也心烦。"

张雨昂不发一言,加快脚步,径直走了过去。

13

第二天张雨昂在进活动中心之前看到姜睿走向音乐室的方向,很想过去打个招呼,然后去见见叶灿然,然而安保人员似乎依然对他格外警惕,他只得放弃这个打算。

下午,当他走进画室的时候,程一勇已经在那儿等着了,张雨昂这时才想起来昨天的事。

"我不知道怎么描述朋友的特征,这是昨天画的,你自己看。"他递给张雨昂一张画纸。

张雨昂接过画纸,打开一看却愣住了——画纸里画的怎么看都不像是一个真实存在的人。

这是一幅简笔画的草图,线条十分杂乱,有许多修改的痕迹。画中应该是一个男人(如果可以称之为人的话),但人体比例极其不协调,手脚一样长不说,跟这个男人的身体轮廓比起来,简直就像是只长了一截骨头一样。肚子也大得夸张。脸部则接近一个完整的圆,五官丝毫不成比例,脸上是一个大大的微笑,占据了二分之一的画面。

张雨昂看了一会儿,得出自己的结论:"这是一个卡通人物吗?"

"才不是,他是我的朋友!"张雨昂最先惊讶的不是这个答案本身,而是程一勇语气里夹杂着一股愤怒。他茫然地看着程一勇,不明白这到底是什么意思,也不明白这愤怒从何而来。

"什么朋友?"他问。

"朋友难道是什么生僻词吗?"程一勇说,愤怒还没有彻底从他的语气里消失。

"哦,我明白了。"思索片刻,张雨昂恍然大悟。

毕竟这还是一个孩子,他应该是第一次接触画画,得先教这个孩子什么是人体比例,什么是形体结构才行,可这些东西要怎么才能说明白呢?张雨昂心想这下可麻烦了,但现在说不想教他也来不及了,这孩子绝不是会乖乖放弃的人,早知如此,当初就该更果断地拒绝。

他在心中暗叹一声，平复心神，开口说道："你得明白一个人不可能有这么短的四肢，你先画一个头，然后身体的长度是七个头部的长度，宽度是三个头部的宽度，明白了吗？"

"傻子都知道什么是站七、坐五！"程一勇突然喊道，"我的朋友就长画里这样！"

"哎，怎么说不明白呢，"张雨昂坐了下来，拿起橡皮，边把画纸上人物的手脚擦掉边说，"我给你画一下，你就明白了。"

"还给我！"程一勇边喊边把画纸给抢了回去。

张雨昂愣在原地，疑惑地看向程一勇，说："我不就是动了一下你的草图吗？再说你画的也不对。"

程一勇看起来似乎是想要辩解些什么，张开了嘴却没能说出一句话，脸憋得通红。接着他发疯一般把所有东西都砸在了地上，像是着了魔一样开始大声说话，可听来又不像是在跟任何人对话，那模样也不像是自言自语，倒更像是跟空气里的某个实体对话。说话的同时他的双手在空中不停地比画，情绪激动，眼睛里冒着火，看起来倒比张雨昂更像一个躁狂症病人。眼前的景象让所有人都愣住了，画室鸦雀无声。

最先反应过来的是那位年轻护士,她对着对讲机说了一句什么,不久,一位护工出现在门口。

程一勇还在说话,这时张雨昂能够稍稍听清他在说什么了,他嘴里说的是:"别人都觉得你不存在"。

"……"

"可为什么他们会这么觉得呢?"

"……"

"我知道,我相信你是存在的。"

张雨昂倒吸一口凉气,他费解地看着程一勇眼睛盯着的地方,毫无疑问,那里只有一团看不见的空气。

护工蹲到他身边轻声说道:"程一勇,这样下去你就又得接受治疗了,先跟我去看医生好不好?"

她的手刚刚搭在程一勇身上,程一勇就条件反射似的浑身一颤,喊道:"我没有犯病,我知道什么是现实!我相信的,就是现实!"

护工微微一怔,随即决定强行把程一勇带走,然而程一勇扭动着身体,很快挣脱开来。很显然她没想到一个孩子居然有这么大的力气,一时间竟不知所措。程一勇看起来对整个世界都充满敌意,他挥舞着双拳,呼吸急促,大声喊着:"滚开!"

眼见形势不妙,护工只好低声对年轻护士说:"我一个人抓不住他,按警铃,再叫陈美芸来。"

张雨昂听到"陈美芸"三个字,心想她到这儿来一定不会有什么好事。为了避免麻烦,他下意识做出了反应,一把拉住程一勇的手,蹲下来对他说:"你这家伙刚才都说胡话了,乖乖跟护士去治疗。"

还没等这句话说完,张雨昂一眼就看到了程一勇眼里的恐惧,那股恐惧是如此沉重,顺着视线也一同笼罩了张雨昂。他感觉自己像被吞进了鲸鱼的肚子里,刹那间什么话也说不出来了,脑海一片空白。

"真是的,连个孩子都搞不定吗!"陈美芸人还没到声音先到了,她手里拿着针管,身后跟着一个安保人员,刚走进画室就看到了张雨昂,"哈,这又是你干的好事?"

张雨昂忙撒开程一勇的手,说:"我什么都没干,这里的人都可以为我做证。"

"一并带走!"

"这次我可真的什么都没干。"张雨昂看向那位年轻的护士,她正盯着程一勇,看起来被吓得不轻,"喂,你说句话啊,总不能让她把我也带走吧?"

年轻护士这才回过神来,走到陈美芸身边说:"这位先生的确什么都没做,我……我也不知道小勇为什么会变成这样。"

"什么小勇,他叫程一勇。"陈美芸说,接着她上下打量了一番张雨昂,说:"算了,我也嫌麻烦。"说完吩咐安保人员去抓住程一勇。

程一勇听罢踢翻了身旁的所有桌椅,安保人员虽然身材壮硕,但行动到底不如小孩灵巧,一时间竟僵持不下。画室的其他病人都不安地站到了门口,眼看局面即将彻底失去控制,安保人员跳过桌椅,一路围追堵截,试图把程一勇逼向角落,在这个过程中,程一勇手里的画纸被桌角拉破了一个口子。刹那间,他像是被按下了暂停键一般愣住了,只是呆呆地看着手里的画纸,下一秒,就被安保人员给拽了起来。

程一勇这才反应过来,一股更加强烈的愤怒攫住了他,身体不住地颤抖。他一口咬住了安保人员的手,死活不肯松口。安保人员拼尽全力才把程一勇甩开,他重重地摔在了地上。可他没有丝毫犹豫,立刻站起身来,又扑向安保人员。只是没等程一勇靠近,安保人员就一脚踹在了他的肚子上。程一勇一下无法动弹,整个人就像是被拔掉了电源的人偶,轻而易举地被安保人员架了起来。他再没有力气挣脱,只能够无力地扭动身躯,做最后的挣扎,可无济于事。

"放开他!"一个女人喊了一声。

程一勇一下就听出了女人的声音,他抬起头,眼神里已不见怒火。"灿然姐姐,你怎么来了?"

灿然姐姐?叶灿然?

张雨昂下意识地往前迈了一步,却刚好站在了安保人员和叶灿然的中间。叶灿然看到张雨昂向前的举动,以为他想要帮忙,不由分说地把张雨昂拉到身前。张雨昂根本没有时间做出反应,回过神来人已经站在安保人员面前了。

"让开,"陈美芸威胁道,"还是你们想被我一起带走?"

"你们不能带走他!难道你们不知道他刚接受过一次治疗吗?"

张雨昂再一次听到"治疗"两个字,他不明白,到底是什么样的治疗能让程一勇恐惧到这个地步,但现在显然不是满足自己好奇心的时候。他被迫卷入了三人的对峙中,最好的做法是立刻乖乖让开,他刚想挪动脚步,程一勇却再次开口,声音听起来静静的。

"灿然姐姐,那个地方我去就可以了,你不能去。没事的,我已经习惯了。"

他在说什么?张雨昂一时间忘了离开,满脸疑惑地看着程一勇。

那孩子脸上的表情已经镇定许多,可细微处分明还写着恐惧。再一看叶灿然,她的脸上也有同样的东西。

年轻护士回过神来，走到陈美芸的身边，柔声说："其实程一勇也没做什么，只是不小心把东西砸在了地上，是我太紧张按了警报，你也知道我刚来这里没几天。"

"你是护士，不用替病人说话。"陈美芸说，说到"病人"两个字的时候语气很重，似乎这才是她最不满的地方。张雨昂内心本能地生出一股敌意，他当然不是有多想帮忙，只是更厌恶陈美芸的态度。

"马镜清不会喜欢你自作主张的。"张雨昂说，他想起马镜清曾经说过他会站在病人这一边，上次他打了刘老板至今也没有受到实质性的惩罚。

"这里轮不到你说话。"陈美芸恶狠狠地盯着张雨昂。

年轻护士趁此机会对陈美芸说："我看还是让马院长来处理吧，我去联系他。"

"不用，"陈美芸瞪着年轻护士手里的对讲机，说，"我可以处理，结果不会有什么改变的。"

陈美芸跟马镜清在电话里说了几句，交谈结果似乎让她很是惊讶，挂了电话后她走了回来，面露不快，但依然吩咐安保人员把程一勇带走。

"不行！"叶灿然喊道，"你不能带他去治疗！"

"谁说要去治疗了,是去院长办公室。"陈美芸轻蔑地撇了撇嘴,说,"院长的意思,你们也要违背吗?"

"我得跟着他,我不相信你。"

"随你喜欢。"陈美芸不置可否。她接着对画室里的人说道:"还不给我回去坐好?是想被罚几天不能好好吃饭,还是想被关进禁闭室?"

看着所有人都立刻坐回座位后,陈美芸轻蔑地笑了一声,也带着二人离开了。年轻护士这才长呼一口气,一切终于都得到了控制。

张雨昂也回到了座位。他脑海里的第一个念头是:扬眉吐气。前不久他刚刚挫了刘老板的锐气,现在又搅黄了陈美芸的打算,这算是他来到这里之后,第一个切实的小小胜利。

然而除了这股喜悦感之外,张雨昂的心头慢慢地浮现出一丝小之又小的阴影,怎么也挥之不去——是那个孩子的眼神。为什么那种发自内心的、深沉的恐惧会出现在一个孩子眼中?

他告诉自己根本没有做错什么,精神病人总会有犯病的时候,现在困扰他的不过是那泛滥的毫无意义的同情心而已,不消说,他跟这个孩子根本没有什么关系。然而毕竟他直面了孩子的眼神,那眼神具备如此强大的感染力,在张雨昂的心里埋下了一颗种子,最终这颗种子一声不响地破土而出,他再也没法静下心继续画画。

他放下铅笔,问年轻护士:"那孩子到底怎么了?治疗又是怎么回事?"

年轻护士显然没有预料到张雨昂会突然问起那孩子的事,她微微一怔,继而回答:"我刚来这里没多久,平日里只在画室接触过那孩子,他一直都好好的……治疗的事我也不是很清楚。"

张雨昂点了点头,没再问什么。他痛恨自己泛滥的同情心,这种情绪根本就不应该存在,他告诉自己:"我才刚来几天,自己的事就足够困扰了,哪儿来的余力去关心别人的事?"他逼迫自己回到画画的世界,他也需要画画的世界,好让时间流逝得快一些,好让待在这里的每一天不至于度日如年。

这过程还算顺利,可没多久,有个人走到了画室门口。

门是打开的,但他还是敲了敲门。

14

"不打扰你们吧?"

张雨昂听出是姜睿的声音。

"你有什么事？"年轻护士问。

"找你的病人说会儿话，放心，我很快就要离开这里了，院方评估我已经恢复正常，这也是我可以自由活动的原因。"姜睿说，"我们就在门口，再说你不怕刚才的突发事件对他的康复有不利的影响吗？"

年轻护士这才明白姜睿话中所指的是张雨昂。

"那好，但你们不能离开我的视线范围。"

张雨昂放下彩色铅笔，站起身，不小心踢到了凳子，声音居然大得出奇。他走到门口，看到姜睿的表情很严肃，眼睛有些干涩。张雨昂并不知道就在今天上午姜睿刚跟叶灿然提起自己，而后又在骚乱发生的第一时间来到了画室，在一旁目睹了整件事。

他们走到画室门口的小凳子上坐下，一旁的安保人员正在巡逻，警觉地盯着他们。阳光照耀着面前的草坪，但吹来的风依然很冷。

"怎么了？"张雨昂问。

"我看到刚才发生的事了。"

张雨昂一下明白过来姜睿要说的是关于那孩子的事，他解释道："我不知道到底发生了什么，他突然间就失控了。"

"我大概能猜到是怎么回事，"姜睿的声音从风里晃晃悠悠地传来,"吃早饭时那孩子告诉我,想让你教他绘画,那么你应该看到那幅画了吧?"

"是的。"张雨昂点头。

"你觉得那幅画是什么?"

"应该是卡通形象,"张雨昂想了想回答,"但我没见过那样的卡通形象。"

"早知道,上午我就该及时告诉你那孩子的情况。"姜睿嗟叹一声,注视着眼前的高墙。之后他又回过头看向张雨昂,接着说道:"自打那孩子住进康乐家的第一天我就知道他。你知道阿斯伯格综合征吗?"

张雨昂摇了摇头,这病他完全没有听说过。

"最初程一勇患的是轻度的阿斯伯格综合征。我这么说好了,他在认知、身体发育、生活自理能力上跟其他人没有什么不同,只是不擅长跟别人相处。他不懂得人际交往中的基本准则,也听不懂别人的潜台词。但他是个很聪明的孩子,有着惊人的天分,你跟他相处一段时间就知道了。虽然他说话的方式让人觉得不礼貌,有时候前言不搭后语,但这也是因为他跟我们思考和表达的方式不一样,他本质上是个特别好的孩子。"

"原来如此。"张雨昂忍不住插话,"可这跟那幅画又有什么关系呢？"

"听我说完，"姜睿说，"现在那孩子已经比最初来的时候好多了，进行了一段时间的行为矫正后，至少他可以稍微正常地与人交流了。可在来到这里之前，在学校里，那孩子因为跟身边的人都不一样，受到了很大的伤害，不仅仅是被身边的同学孤立，还被欺负。他鼻子上的伤疤就是因为在一次课间被同学推下台阶，撞到了花坛。"

张雨昂因为惊讶而张大了嘴。"被推下台阶？什么时候的事？"

"两年前，他才八岁。"姜睿明白他惊讶的原因，叹了口气，看了一会儿后山的方向，然后开口说道："具体的情况我也不知道，但我相信那个孩子应该没有做什么恶劣的事，他只是有时太沉默，有时又太直接了。你知道约翰·纳什吗？有一部电影叫作《美丽心灵》，讲述的就是他的故事。他是一位天才数学家。"

张雨昂不明白为什么姜睿突然提到电影，也不知道那位天才数学家到底是谁。

"我因为喜欢那部电影，后来去读了约翰·纳什的传记，学生时代的他因为不懂得怎么合适地表达自己，显得过于特立独行，常常受到老师批评，被同学孤立。有那么一次，他用自己的方法快速解答了数学问题，却被老师认为是一个没有办法正常接受教育的学生。你认为约翰·纳什做错了什么吗？"

"你说的，我大概明白了。"张雨昂说，"但我还是想象不到他会被另一个孩子推下台阶，这太恶劣了。"

"孩子们的恶意……通常连缘由都没有，这比成年人的恶更可怕。他们会仅仅因为好玩，或者作为小小的报复，就去伤害无辜的人。本来这孩子就不懂得怎么融入集体，没人爱搭理他，自从台阶事件以后，他就完全封闭了自我，不再跟学校里的同学说任何话了。他开始对身边的东西说话，对操场的石头说话，对铅笔说话，后来那个朋友就出现了。

"对我们而言，那个人是不存在于世上的，可对那孩子来说，那个人的声音、神态乃至拥抱时的温度都是真实的。那个人是在别的孩子都在踢球不管程一勇时，跟他说话的人，是真正每时每刻都陪伴着他的人。那孩子其实很敏感，比一般的孩子更能感受到孤独，更加渴望友情，然而没办法表达。他渴望友情，却偏偏注定得不到友情，这让他觉得自卑和痛苦。他让你帮忙绘画，其实是因为随着治疗，那个朋友的存在有时会变得模糊起来，他害怕从今往后没有人再跟他说话。"

姜睿说到这里止住话头，看了眼面前的高墙。

"这让他觉得自卑和痛苦。"说者无心，听者有意。张雨昂想起了一件往事,像程一勇这么大的时候,他曾经也倍感自卑和痛苦,这让他顿时脸红到了耳朵根,心里羞愧万分,恨不得挖个地洞钻进去。他还是第一次感受到这样的羞愧。他想要说些什么,可喉咙一紧,没法顺利说出任何话。

"这孩子的命运简直跟约翰·纳什一模一样,入院后他还被诊断患有妄想症,甚至到了精神分裂的地步,可让他产生幻想的,却是他身边的人。"姜睿接着说,"那孩子受到的伤害,或许比我们都大得多。除了刚才说到的以外,还有家庭的原因,但这我就不太了解了。"

张雨昂像石头一样僵住了,他这时已完全理解了姜睿所说的话,人们歌颂特立独行,却又无法忍受这样的事发生在自己身边。接着他想到了自己的武断,猛地站起身。

"你要去哪里?"姜睿问。

"我去找马镜清,把事情都说清楚。"

姜睿愣了一下,随即笑了,说:"既然他们到了院长办公室,就不会有事的,放心。你现在去反倒会让事情变得复杂,再说你觉得自己可以随意去那里吗?"

张雨昂停下脚步,无能为力地坐了回来,沉默良久,才说:"我会找个机会跟程一勇道歉的。"

"这样就足够了。"姜睿说,"你并没有做错什么,你只是根据常识做出了判断。只是常识并不一定能适用在每个人身上。"

一阵沉默,高墙的影子出现在脚边,天色不知不觉暗了下来。

张雨昂深吸了一口气,问:"那个,为什么要把这件事告诉我呢?"

"你不是答应了要教那个孩子绘画吗?"姜睿说道。然后他站起身来,正要离开,又突然改变了主意,转过身来,微笑地看着张雨昂:"还有,我认为你的内心尚存有一些同理心,或许你自己都没有察觉到,否则你不会在前段时间问我那么多,也不会答应我等到叶灿然恢复好了再去找她。我可不能看着这丝同理心消失无踪,它弥足珍贵。"

说完他便离开了,张雨昂愣在原地,没有立刻回到画室,而是又坐了会儿,消化姜睿刚刚说的故事。他最后的那句话引起了张雨昂的注意,可张雨昂捉摸不透姜睿所说的"同理心"到底是什么。

当他走回画室时,在心里做了一个决定,他知道自己接下来要画什么了。只是他刚拿起彩色铅笔,就到了该吃晚饭的时间。张雨昂迟迟没有起身,压根儿就不想吃什么晚饭。

"张先生,你也该离开这里了,"年轻护士说,"明天是周六,我们下周一见。"

周六?张雨昂想起马镜清说过周末是自由活动时间,他有些激动,站起身问:"明天是自由活动时间,这里会锁门吗?"

护士抬起头看着张雨昂,有些惊讶。"当然不会锁门,明天你可以随时来这里,不过前提是遵守秩序。你是想要继续绘画吗?"

"是的。"张雨昂说。

15

药水的效果越来越差了,张雨昂想。

一整晚他几乎都没怎么睡着,天刚微亮,他就睁开了眼睛。

这样也好,可以早点开始绘画,早点摆脱那种负罪感。他已经很久没有感受到负罪感了,或许因为对方是一个孩子,或许因为那孩子的经历打动了自己。

他打开房门,意外发现除了在走廊里来回查勤的值班护士以外,没有其他人影。

终于不用起床就面对陈美芸了,张雨昂长呼了一口气。

走到食堂，饭菜才刚刚准备好，食堂中坐着几个同样早到的病人，有一个老人正在来回扫着地。张雨昂刚开始以为他是保洁人员，却没想到他走过来，主动问起："小伙子，你是不是前两天想要逃出去的那个病人啊？"

张雨昂没心思搭话。

老人索性放下扫帚，坐了下来。"我刚来康乐家的时候，也想逃出去哩。哎，那是多少年前的事啦。瞧我这记性，记不清喽，都快二十年了吧。"

张雨昂一脸疑惑地转过头去，他没有想到眼前这位扫地的老人居然也是病人，而且他居然一待就是二十年。

"看不出来吧？"老人颇有得色，猜到了张雨昂接下来要问什么，抢先答道，"我扫地是因为康乐家的工作人员最近可真是越来越懒了，老头子我可看不得周围这么脏。"

张雨昂没搭话，觉得这个话题没有必要再继续。

老人倒是颇有兴致的模样，自顾自继续说道："小伙子，老头我就是想告诉你，别那么着急出去。你看看我，早就不犯病了，院方也想让我出院。可每次我出院后啊，还是发觉这里最好，所以索性就不走啦。"

这句话引起了张雨昂的疑惑,他问:"你都已经不犯病了,为什么还要待在这个鬼地方?"

"鬼地方?"老人笑了,说,"你把这里当成鬼地方?"

这话是什么意思?"不然呢?这里什么都没有。"

"这不正是最好的地方吗?"老人依然面带微笑,眼神里闪烁着和善的光。

接着老人询问起张雨昂在外面的生活如何,来到康乐家后感受如何,以及有没有发觉这里的空气与外面不同。张雨昂第一次听到有人问起这些,居然一一耐心作答。老人说话不紧不慢,语气温和,会静静等待张雨昂组织好语言。谈话进展得十分顺利,或许是因为老人的语气吸引了他,也或许是因为他来到康乐家后,第一次有人主动关心起自己。张雨昂猜想着这位老人到底经历了怎样的人生,在他身上仿佛有一种禅意,这种禅意深深地感染了张雨昂。空气中产生了某种奇妙的化学反应,就连食堂的景象也变得不同以往,人们井然有序地吃着早餐,看起来竟然跟外面的世界没有什么两样,反倒多了一分安宁。

"哎呀,我都忘了,地还没扫完呢。"老人拍了下额头,站起身就此离开了。

张雨昂一边吃饭一边觉得疑惑，为什么仅仅过去几天，他对食堂的感受会如此不同呢？他摇了摇头，不再想下去，站起身走向画室，去做那件他昨天决定好要做的事。可就在他经过教室时，却不由得被里面的景象吸引住了。

一群人坐在教室里，那位前不久刚刚与他交谈过的老人正坐在人群的正中央说着什么。他们各个都看起来十分平和，面色恬静，像是老同学聚会一般，光是远远看着，都能感觉到气氛里的和睦。这时老人似乎是注意到了门外的身影，抬起头看向张雨昂，伸出手跟他打了招呼，那手势看起来是想要让他加入他们的谈话。

"不了，"张雨昂摆手拒绝，"我还有事。"

"他不是那个前些日子想要逃出去的人吗？"有人说。

"就是他，"老人说，又看向张雨昂，"快来坐下吧，你会对我们的话题感兴趣的，而且也不会浪费你太多时间。"

人群中的另一个人跟着说："放心，我们又不是疯子。"

剩下的所有人都笑了起来，包括那位老人，张雨昂一下子不知所措。

"这是我们之间的玩笑话。"老人说，"好了，快坐下吧。"

张雨昂愣了一下，才明白过来这句玩笑话是什么意思。

坐下后老人让张雨昂介绍自己，接着每个人都进行了一个简短的自我介绍。张雨昂了解到这里的每个人都在康乐家至少待了三年，而其中一部分人跟自己的年龄相仿，相差不了太多。

"还记得我们早上的谈话吧。"老人说，"你不是想知道为什么我不出去吗？听听吧，你很快就会明白的。"

然而，老人和周边的其他人却开始问张雨昂一些关于他之前生活的问题。比如张雨昂之前是哪里人，他是什么时候来的北京，他一个南方人是否能适应北京的天气，甚至问起了他上班需要坐多久的地铁，诸如此类的问题。

在张雨昂回答完每一个问题后，其他人再分享自己的一部分故事。

说着说着，大家都突然停下了话头，张雨昂不明所以，目光回到了那位老人身上。

老人正看着张雨昂，眼神里闪过一丝具有讽刺意味又略带狡黠的光，但这光转瞬即逝，再一看眼神里写着的已是饱经世故后的睿智与蔼然。

"小伙子，你之前说这里什么都没有，那我倒想问问你，外面的世界，有人愿意跟你坐在一起，进行一番心灵上的沟通吗？"老人问道。

张雨昂一时语塞。

老人"咯咯"笑了起来,说:"外面的人都太着急了,着急赶地铁,着急上班,着急吃饭,着急去爱,着急去恨。人与人见面永远在谈'正事',谈好了就赶紧去谈下一个,就怕自己堵在路上。就算偶尔空闲下来了,也只捧着手机,生怕自己错过网络上的新鲜事。但这里不同,我们有的是时间,不用着急去见什么人,不用害怕错过什么新鲜事,也不必在乎外面的纷扰和变化。我们啊,对外面的世界,对那些连锁咖啡馆、高耸入云的写字楼、根本不值得一逛的商店,都不感兴趣。"

"既然你们对外界不感兴趣,为什么又问我那么多外面的事?"张雨昂问。

"你看看我们,有男有女,有老人,有年轻人。在你回答完那些问题后,我们也一一做了回答。"他说,"你没有发现我们的答案里有什么奇妙的地方吗?"

张雨昂摇头,他不知道老人是什么意思。

"只要你身处外面的世界,就必须为了生活而忙碌,为了生活做不愿意做的事情。没有人在乎你的才能,没有人在乎你的个性,只在乎你能否提供他们想要的东西。人们用各种话术包装他们的欲望,压榨你的剩余价值。在他们眼里,你并非一个人,而是一个工具,一颗螺丝钉,一颗生锈了就随时被替换的螺丝钉。

人不再是目的，而是手段，为人所利用。最可怕的是，变成螺丝钉的人并不自知，他们依然活在无望的梦境里，以为只要努力就会取得成就，以为只要迎合就能迎来拥抱。听明白了吧？在康乐家不一样，我们没有身份地位的区别，这里没有冷血的资本家，没有贪得无厌的朋友，没有盼你早死的家人。这里无利可图，正因如此，我们才能平等地坐在一起，才能不必担心被人利用。小伙子，外面的人都觉得我们病得不轻，事实果真如此吗？"

"说得没错！"人群中有一个人开始大声喊道，很快这句话就感染了在座的所有人，大家的情绪瞬间高涨起来，纷纷说起自己的感受。

张雨昂最先被吓到了，但很快就被他们言语中包含的热情所感染——无论怎么看，他们都是发自内心地赞同老人所说的话。他一边听着周边的呐喊，一边思考他们的话对自己所产生的触动到底是什么。他并未全然理解老人的话，那些理念性的东西他需要一些时间才能明白，但他不可避免地回忆起之前在外面世界的自己，想起那个"见人说人话，见鬼说鬼话"的自己，想起那些失眠的夜晚，想起工作中同事的攀比，想起刘老板口中所说的那种掩藏不住的卑微。

他从中体会到的，是一个显而易见但他之前一直忽略的事实：是的，在外面的世界里，每个人都有身份地位的区别，他穷尽一生想要爬到高处,并暗自窃喜,以为自己做到了,然而事实上,他压根儿就没有做到什么。他现在明白了,爬到高处的人,只会发现还有人站在更高处俯视着自己,永远有人比你高一头。

想到这里,他突然间黯然神伤。

与他们告别后,张雨昂又在后山的走道上静坐了片刻,他闻到了空气中飘着的一股花香。后山的树木也长出了新绿色的嫩芽,张雨昂突然想到,城市里的风光都是一样的,无论走到哪里,高楼都排成了一条直线遮挡了一切,所有建筑的排列方方正正,毫无意趣。就连那些所谓的当地特色小街,所谓的城市之间不同的地方,也不过是流水线制造的商品。你会发现同一家商店分布在全国各地,却又都称自己为"当地"的历史传承。"特色",不过是"商业"的另一种叫法而已。

他看向自己的影子,似乎比在城市中看到的高大许多,或许只有在这里,人的影子才不会显得渺小。

他想起那群人脸上的热情,忽然觉得:说不定康乐家真的没有自己想象中的那么坏,外面的世界也没有他之前所想的那么美好。

如此想着，张雨昂的心情居然轻松了不少。

他察觉到自己心情的变化，也感到十分惊讶。

16

一小时后，坐在画室里的张雨昂，却无奈地抚额。

从昨天夜里，他就一直回忆着程一勇给自己看的那幅画，生怕漏掉了什么细节。可毕竟只是看了那幅画几眼，即便强迫自己不断回忆以加深印象，也无法完全还原。他已按照记忆中的样子画出了轮廓，但细节处却模糊不清。

就在他颓然无助想要放下画笔时，门却被悄然打开了。

"没想到你真的来了。"说话的是那位年轻护士，但她并没有像往常一样穿护士服。

"你今天不是应该轮休吗？"张雨昂问。

"本来是想回去一趟的，不过还是觉得得过来看看，这里应该有我能帮到的地方。"

"你知道我要做什么？"

年轻护士扑哧一笑,说:"当然了,你是想要把小勇的那幅画画下来给他吧?我本来还担心你只是一时兴起,今天又是难得的轮休,来这儿之前还进行了一番心理斗争呢。"

说到这里护士突然沉默了一下,再开口时似乎有些难以启齿:"其他护士说,你有躁狂症,我应该跟你保持距离。"

张雨昂面无表情地看着护士,问道:"那你为什么又来了呢?"

"虽然我刚来康乐家不久,接触病人的时间还不长,但我总觉得这里的人们并不像外面的人所说的那么坏。朋友们知道我要来康乐家的时候,都劝我改变主意,说这里的人都是疯子,正常人无论如何都不可能跟疯子正常相处。社交媒体上也经常能看到有人说这里总是会发生一些暴力事件,家属跟院方也时常会有矛盾,把这里形容得跟地狱似的。可我作为一个医护人员,怎么可以因此退缩。我相信,每个人都值得被好好对待。"

"即使这里的一些人病得不轻?"

"有时候的确会发生一些突发状况,但那也不是出于他们的本意,不是吗?再说,不还是有像你这样的人存在吗?"

张雨昂轻蔑地笑了,不知道是在嘲笑护士的天真,还是在嘲笑自己。"我不过是一个无足轻重的人。"

"但你愿意去弥补过错,外面的正常人也不见得都这么负责任。"

"哪里是什么负责任，"张雨昂喃喃自语道，"不过是为了摆脱负罪感罢了。"

"你刚才说什么？"

张雨昂看着她率真的面容，轻轻地摇了摇头，把眼前的画纸推到了护士的眼前，问："你来是想帮忙，对吧？那你看看这个。"

护士端详了画纸一会儿，说："轮廓是挺像，但是眼神和嘴角的微笑不太像。"

"你记得这么清楚？"

"当然，我的工作就是待在画室里照看你们，你们每个人画画的时候，我都会认真观察的。"护士严肃地说，"说到这里，张先生，你昨天画的天空我看了，画得很不错，一看就是有绘画功底。可最开始你为什么那么排斥画画呢？"

"我现在开始修改线条，你帮我看一下。"张雨昂边说边拿起了画笔。

护士没再问下去。

接下来的两个多小时，张雨昂又重复修改了数次，才开始用彩色铅笔正式绘画，边画边跟护士确认细节。又过去了半个小时左右，纸上终于呈现出一幅完整的画。

"小勇看到了肯定会很高兴的。"

"你知道他周末的时候会在哪儿吗?"张雨昂问,想着越快把这件事了结越好。

年轻护士歪着头想了想,说:"这我也不是很清楚……那孩子好像挺喜欢读书的,可能在阅览室。如果阅览室找不到他的话,他就应该跟另一个病人在一起,就是上次出现的女孩……"

"叶灿然?"张雨昂脱口而出。

年轻护士倒有些惊讶,问:"你认识她?"

"谈不上认识。"张雨昂边回答边合上画纸,又把废弃的画纸卷了起来,刚想出发,年轻护士拦住了他。

"午饭时间到了,去食堂吧,肯定能见到他。"她说。

走出画室时,太阳浮在头顶,天气似乎转暖了,初春的阳光温和地洒在地上。

不过他们没能在食堂见到程一勇。

17

阅览室的门刚一打开,就兀自发出巨大的声响,这门也是真够破旧的。走进阅览室的瞬间,张雨昂就闻到了空气里发霉的味道，看来平日里也没什么人会来这里。他想起了姜睿，搞不懂为什么会有人来阅览室打发时间。

看来这世界上还真是有各式各样的人，这是张雨昂脑海里的第一个念头。

他环顾四周，阅览室的座位区空无一人，便想转身离开。但门内坐着的值班护士却叫住了他，抬了抬眼皮，掏出了一个表格，说是只要来了这里就得登记。

张雨昂无奈地接过表格，却一眼看到了何韵诺的名字，瞬间就被吸引住了。他脑海里浮现起何韵诺的死，他想要知道何韵诺在这里读的最后一本书是什么，他想要从中捕捉到一丝何韵诺的心路历程，这个念头让他留了下来。

然而张雨昂一无所获。

那本哲学书根本就不是人能读的，里面的每个字他都认识，可连在一起他就读不懂了。不到十分钟张雨昂的眼皮就开始打架，到后来与其说是他在读书，不如说是看着无用的词组排列组合。这么一来他倒是想起一年前自己买了一个红木书柜，还费尽心思淘来了许多名著填满了它。他哑然失笑，那些书自己从未读过，书柜倒是花了大价钱。

他叹口气，站起身把书放回书架，书架的缝隙中却掉出一个皱成了一团的信封。信封皱皱巴巴，上面似乎写着给谁，有一个名字，但字迹被什么东西给晕开了。他没多想，把信封随手卷进画纸，急匆匆地离开了阅览室，离开了这个充满灰尘的地方。

年轻护士正等着他，随后他们一同前往音乐室——那是程一勇最可能出现的地方，叶灿然也很有可能在那里。

还没有走到音乐室的门口，曲声就抢先一步跳进了他们的耳中。

"音乐应用于心理治疗，据说是从二十世纪美国开始的。"年轻护士说，"但要较真的话，其实音乐治疗起源于我们国家呢，《黄帝内经》两千年前就提出了'五音疗疾'，舒缓优美的音乐可以让人心情放松，有一定的催眠作用。你看，人们冥想的时候，不都会放一些纯音乐吗？"

看着张雨昂诧异的表情，她轻轻扬起眉毛，语气听来很是自豪："别看我这样，我可是特地去自学了这门课呢。说起来绘画也是一样的，张先生，可别小看艺术的作用哟。"转而她又困惑起来，说："不过这首钢琴曲我还真是没听过，不知道是莫扎特还是舒伯特的，啊，可能是新来的音乐治疗师演奏的。"

张雨昂一直没有搭话，一是他对所谓艺术的作用，比如音乐治疗法，一窍不通；二是他越听越觉得这首曲子有一些不和谐的地方。前些日子他曾驻足仔细听过，这首曲子乍听起来的确让人觉得平静，似乎真能起到舒缓身心的作用，然而这首曲子的后半部分，虽然表面听起来节奏依然舒缓而又轻快，可并不连贯，短暂的停顿前后都是突兀的重音，那感觉压根儿就不像利用了所谓演奏的技巧，反倒像是突然间有什么东西砸在了琴键上。张雨昂平日对音乐毫无研究，但这种不和谐是如此鲜明，他反倒疑惑为什么这位年轻的护士没有听出来。

等到张雨昂回过神来，已经不知不觉地站在了音乐室的门前。透过窗户，他瞧见了叶灿然和趴在一旁的程一勇，并没有所谓的音乐治疗师的身影。叶灿然闭着眼睛似乎在想些什么，程一勇看起来似乎是睡着了。这孩子怎么会在这种情况下睡着呢？张雨昂不由得觉得疑惑，这让他犹豫起来，不知道应不应该进去。

就在他犹豫的这会儿，音乐声停了下来。

叶灿然看着门外的不速之客，皱起眉，面露不快，厉声问："你来这里做什么？"

"我找他。"张雨昂边说边指了指程一勇，"我有东西要给……"

"不用了，"叶灿然打断了张雨昂，说，"张雨昂，这个名字没错吧？昨天发生的事我后来弄清楚了，就是你导致小勇失控的。

我们跟你没什么好说的,也不想要你的任何东西。"

张雨昂舔了舔干涩的嘴唇,他有些恼火,同时又有些羞愧,一时间不知道应该怎么回嘴。叶灿然走到门口,刚想轰人,年轻护士站出来解了围。

她拿起张雨昂手中的画纸,把最里面那幅抽了出来,上前一步,说:"我是画室里的值班护士,叫我小莫就好,平时小勇绘画的时候就是我看着的。"

叶灿然的抵触情绪缓和了一些,说:"我知道你,谢谢你平时对小勇的照顾,也谢谢你昨天替我们说话。"

"其实他也帮忙了不是吗?"小莫说。

叶灿然斜眼看了下张雨昂,没有接话。

"你先看看这幅画再说,"小莫把手里的画纸递了过去,说,"对于昨天的事,张先生也深感抱歉,他来这里,就是来道歉的。"

叶灿然疑惑地看着画纸,迟疑了一会儿,还是接了过去。打开画后,她愣了会儿,抬起头时满脸惊讶,问张雨昂:"这是你画的?"

"是。"张雨昂点头,又说,"程一勇的事……我当时不知道他的情况。"

"今天早上九点我到画室的时候,张先生已经在里面画很久了。"小莫补充了一句。

叶灿然听罢沉默了一阵,再开口时语气温和了不少,说:"这幅画你自己给他,如果你要说什么道歉的话,也自己说给他听。先进来吧。"

话音刚落,小莫就蹑手蹑脚地走进了音乐室,张雨昂跟在她后头。

音乐室比他想象的更空旷,桌椅被堆成了一排,前面是一块小小的黑板,上面写着下次治疗的日程。看起来每周的周三和周五,都会有一部分病人聚在这里,进行治疗活动。黑板旁是两个破旧的明显过时的音响,倘若是放在外边的商店里,根本不会让人多看一眼。音响旁的桌子上放着一个电脑显示器,整个音乐室里没有任何其他乐器,除了显示器旁放着的一个小小竖笛。等等,电脑显示器?张雨昂赶忙走到显示器前,却无奈地发现这并不是他想象的电脑显示器,而是一个音乐播放设备,播放列表里有数十首曲子,但正在播放的这首曲子却是空白的。

"曲子真好听,"小莫看起来兴致勃勃,问道,"它叫什么名字?"
"没有名字。"叶灿然沉默片刻后回答。

"怎么会没有名字呢？你知道是谁创作的吗？"

叶灿然没说话。

"那个，"张雨昂开口问道，"为什么你最近总是播放同一首曲子呢？"

"没有为什么，好了，别再问我这些事了。"叶灿然说，声音逐渐弱了下去。说完她发现张雨昂就站在竖笛旁，竟一个箭步冲了过来，拿起竖笛，放进了病服口袋。

这个举动让张雨昂倍感意外，他下意识地摊开双手，表示自己并没有碰到竖笛。叶灿然也没做出任何解释，只是轻轻摇了摇头，接着注意到张雨昂似乎在看着自己，又慌忙藏起右手，神情慌乱，似乎是在躲避着什么。

张雨昂不明所以，与此同时他的脑海里再次浮现起何韵诺的事，想起自己的那个疑问。

然而此刻绝不是寻求答案的时机，因为叶灿然慌乱的神色不知不觉被悲伤所取代，眼神也逐渐黯淡了下去，看起来像是沉浸在某种突如其来的回忆之中，盯着音响出神。气氛变得沉重，小莫和张雨昂都意识到了这点。两人移开视线，小莫说起程一勇的话题，张雨昂也转而看向趴在一旁桌子上的程一勇，心想如果这孩子现在能醒就好了。

"程一勇他怎么会在这里睡着呢?"张雨昂问,"刚刚不还是午休时间吗?"

"让他再睡会儿吧。"叶灿然说,"这孩子……只有在这里睡着的时候,才会梦见自己的母亲。"

"那孩子应该很想念他母亲吧。"小莫的声音有些悲哀,"这么小就离开家,来到了这里。"

叶灿然无声地叹了口气,随后说:"这孩子的母亲以前总是唱歌给他听,所以他经常会来音乐室找我们……找我。我想这里是整个康乐家中,最能让他想起自己的母亲的地方了。"

"只有在这里睡着的时候,才会梦见自己的母亲。"这句话刺痛了张雨昂,是从什么时候起,自己就连在梦里也见不到母亲了呢?又是从什么时候起,他不再期待母亲会再次出现了呢?

母亲刚刚离开的那些日子里,虽然父亲告诉过他,母亲不会再回来,可他没有告诉父亲的是,尽管他也明白这点,可有时他还是会不自觉地走到车站门口,他依然希望可以在人潮中看到母亲的身影。说实话他也不知道自己在期待什么,更不明白为什么自己还可以去期待,他搞不懂明明他可以说服自己,可情感总会战胜理智,他又会莫名其妙地走到车站。有那么一天,他看到了一个女人的背影,竟然跟母亲一模一样,那一瞬间他觉得自己的心脏简直漏跳了一拍。下一个瞬间,还没等到自己意识过来,他已经跑了过去,想要拉住母亲的手,跟她说上哪怕一句话。可还没等他靠近,张雨昂就看到有一个跟自己年龄相仿的孩子走到了她身旁,女人弯下腰摸了摸那孩子的头。

那是别人的母亲,别人的妈妈。

"……原来我还记得,哪怕是那么小时的事。"张雨昂想。

自从来到康乐家之后,他就总能想起一些自以为已经遗忘的事。他的记忆似乎被一双看不见的手给搅拌在了一起,许久前的事跑到了眼前,工作后的事却变得模糊一片。更确切地说,是记忆的质量有了区别,那些他以为很重要的事,变得不那么重要了,原本沉在水下的,此刻浮出了水面。

他用力地眨了眨眼睛,试图把自己的注意力拉回到现实中来。

就在这时程一勇醒了过来,他看了会儿空无一物的桌子,又看了会儿窗外,接着盯着前方的叶灿然,怔怔地看了一会儿,迷迷糊糊地问道:"灿然姐姐,是你吗?"他的表情看起来有点难过。

叶灿然小心翼翼地点头,说:"是我。"

"我又梦到妈妈了。"

"我知道的。"叶灿然轻轻抚摸着他的头,安慰地说道。

他又呆呆地看了会儿窗外,回过头发现了站在一旁的张雨昂。

"你怎么在这里?"他问,只是一瞬间,他又变回了那个面无表情的小男孩。

"……这个给你。"

"什么东西?"程一勇问,完全没有要接过去的意思。

"是他画的。"叶灿然说。

"我要这东西干吗?"

"他画的是你的朋友,"小莫蹲在程一勇的身旁,小声说,"画得可好了。"

说完她向张雨昂使了使眼色,他赶紧把画纸递了过去。

"不知道画得像不像你那个朋友。"张雨昂清了清嗓,郑重其事地说,"昨天的事我很抱歉,害得你原来的画被弄坏了……对不起。"

程一勇点了点头,似乎不明白"对不起"是什么意思,只是一直盯着那幅画,连头都没有抬,说:"挺像的。"

"小勇,"小莫问,"你看画回来了,张先生也来道歉了,你们以后可以和平共处吗?"

程一勇似乎没有听到小莫说的话,问张雨昂:"这是你花多久的时间画出来的?"

"一个上午。"张雨昂回答,"如果你觉得有什么需要修改的,可以直接告诉我,我可以再改。"

这句话似乎也没有传入程一勇的耳中,他的视线回到画纸上,静坐了一会儿,又像是突然想起了什么,猛地站起身,头也不回地走出了音乐室。剩下三人面面相觑,不知道发生了什么。

"你在发什么愣,跟上来。"程一勇又折回门口说道。

叶灿然本想动身跟着程一勇,然而她刚站起身,就停了下来,转头看向张雨昂。"小勇叫的应该是你。"

张雨昂不明所以地看着叶灿然,又看向程一勇。程一勇在看到他眼神的一瞬间,便认为他明白了自己的意思,自顾自地转头走开了。

"快走吧,跟他过去。"叶灿然催促了一声。

"去哪里?"

"这孩子的想法我也不是都懂的,跟着就是。我也会跟着一起,但这孩子叫的毕竟是你。"

他们一路走过活动中心,经过阅览室,路过教室,路过食堂,走到了病房大楼。张雨昂一行人在病房大楼门口停了下来,程一勇依然头也没回,径直走向了自己的房间。

他走到了病床边,从枕头下摸出一张画纸,小心翼翼地拿了出来。这幅画对他而言格外重要,程一勇一直觉得自己画得不够好,现在他知道应该找谁来帮忙了。

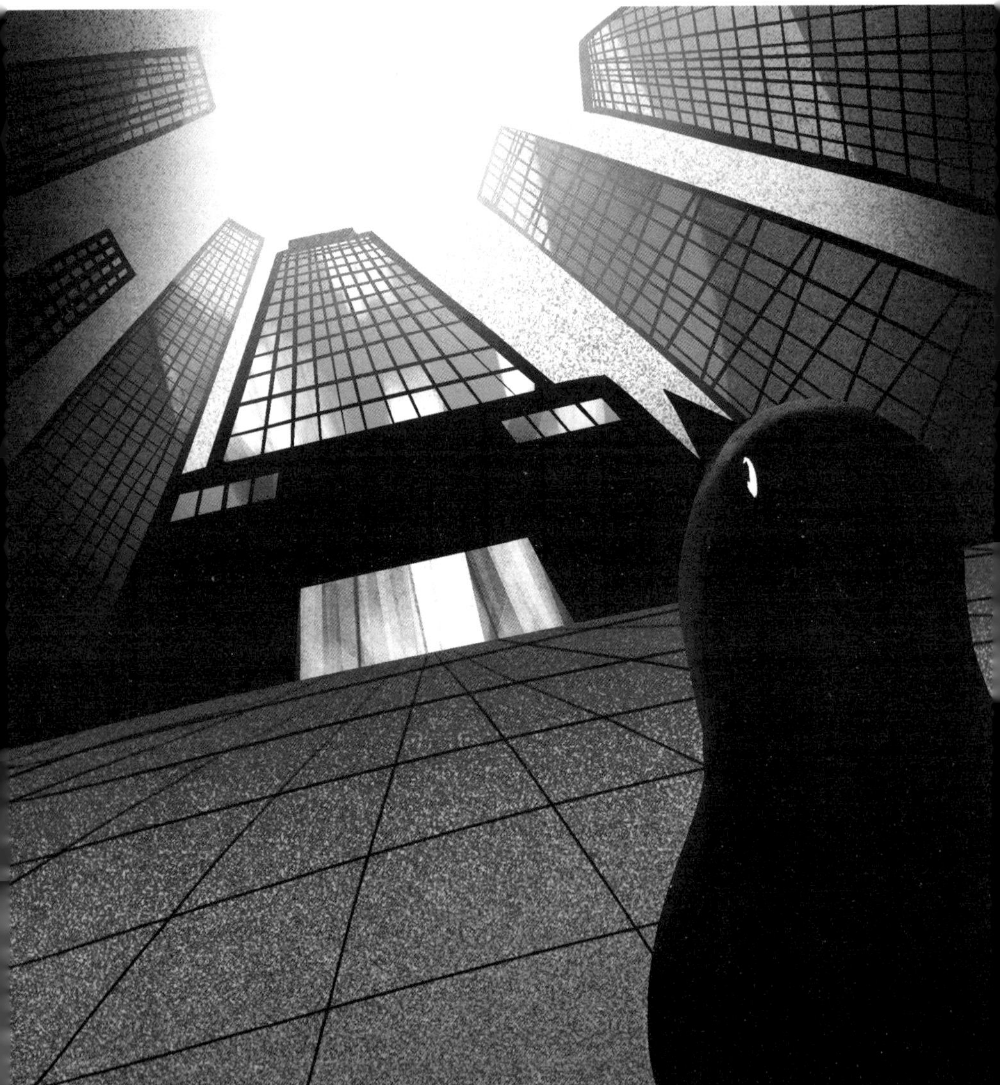

第四部分
没有真正的"桃花源"

只要有人存在,
桃花源就不会存在的。

18

张雨昂接连几天都跟程一勇在一起,因为需要教他画画,即便不在画室里,他们也会在活动中心。这孩子很聪明,教他比想象中轻松许多,张雨昂也有时间能够画自己的画。剩下的时间,不需要参加任何活动的时候,他就在活动中心待着,有时跟姜睿说话,有时跟老人说话。不久之后,他就跟老人周围的那些人熟识了起来。这期间尽管刘老板三番五次地出言挑衅,不过他听老人提起过他们对刘老板的看法,居然跟姜睿所说的出奇一致。现在张雨昂已经看出了这个人的无趣,因此也不再把那些挑衅的话放在心上。

与此同时,他适应了这里的生物钟,他从未想过有一天自己竟能早睡早起,这让他觉得神清气爽,当然这其中也有药物的功劳。一旦接受了这里的规章制度,不再想要逃跑,就没有人来找他的麻烦,陈美芸不会再时时刻刻跟着他,安保人员对他也放松了警惕。

虽然他依然被困在这个四面高墙的世界里，可蓝色的天空却让他觉得视野开阔。周五下午他参加了一次种植活动。他用塑料铲子松了松土，小心翼翼地种下一颗种子，再轻轻把泥土盖实，浇上水，洒上肥料。由于他不是种植小组的成员，没法像他们一样常常待在种植地里，也不能随自己的喜好种植蔬菜和其他植物，但他还是期待着那颗小小的种子可以早日破土而出。

他觉得自己身上正在发生令人欣喜的变化，就像那颗种子似的，很快就能成长为参天大树。

上一次他有类似的感受，还是在高中时代，他看到了镜子里长出第一根胡子的自己。长出胡子这件事本身并没有多么值得兴奋，让他高兴的是，这意味着他正逐渐成长为一个新的人。换言之，他很高兴能够摆脱曾经的自己，这让他真正有了摆脱曾经的回忆的底气。

时间到了周日，这一天，程一勇决心正式着手画那幅画作，希望自己可以顺利画出自己脑海中的画面。张雨昂也决定自己画画风景，可拿起画笔没多久，程一勇却突然站到他身旁，突兀地问："画家（他在不久前就称张雨昂为画家了），你后来为什么没有继续画画呢？"

张雨昂没把他的问题当回事，随口搪塞一句："后来就没时间了。"

"为什么没时间？"

"因为要忙工作，要赚钱，要买车买房。"他继续搪塞道，指了指程一勇的画纸，"你的画不会自己画完的。"

"我会画的。"程一勇说。又问："你没有想过成为画家吗？还是你一开始就只想要买车买房？"

"你还是个小孩子，压根儿就不懂。真正能够成为画家的人凤毛麟角，大多数人只能被迫接受自己的平庸。还不如一开始就工作赚钱，早日买房。"

说到这里张雨昂摇摇头，无奈地笑了声："算了，我跟你说个什么劲，总之，一切都是为了生活。"

程一勇却不依不饶，接着道："你们明明说不出个所以然来，还觉得自己是最正确的。"

张雨昂一时间有点恼火，说："不是我们觉得自己正确，而是这就是正确的。程一勇，你还太小了，很多事情你压根儿就不知道。你知道北京每一天有多少人拼命赚钱，甚至连觉都不睡吗？你知道每一秒钟房价都在往上涨吗？你知道有多少人为了一个购房资格挤破了头吗？在这样的竞争压力下，哪儿有时间休息？这个世界可没有人会等你……"

"画家，"程一勇打断了张雨昂，"那生活呢？"

张雨昂停了下来，疑惑地看着程一勇。

"你说一切都是为了生活,但你刚才根本就没有提到生活,比如你想要怎么过每一天。"他歪着头看了眼张雨昂,接着说:"你们大人真会找理由,就跟我爸一样。他本来是一个很爱读书的人,但后来一本书都不读了。他也总说自己很忙,要工作,但我看你们明明就还有很多空闲的时间。"

随后他没等张雨昂再说话,像是突然对话题失去了兴趣,自顾自走回座位前,一门心思地修改起手头的画。

张雨昂感到很纳闷,虽然这孩子说话时没有任何表情,语气也没有起伏,但他能强烈地感觉到这个孩子身上有着异乎常人的敏锐,明明这孩子大多时候都只活在自己的世界里。与此同时他对自己也很疑惑,他怎么会这么较真呢,敷衍过去不就得了,明明自己只需要教这孩子画画就好了。他摇了摇头,心想:算了,也犯不着跟程一勇计较。

他把视线挪回到画纸上,试着画出心里所想的那幅风景,但画画的心情始终无法成形,落在纸上的线条也无法令自己满意。

张雨昂放下铅笔,走到程一勇的身旁,想看看他的进展如何。

画纸上已经出现了一幅初稿,这孩子现在的画法果然比之前成熟了不少。画里是一个小小的房间,窗户正对着旭日,一个小男孩正乖乖地坐在窗边,身后是一位母亲,她安静地看着他,脸上挂着一个大大的笑容。

张雨昂看着画里的小男孩,看着画里的母亲,内心突然升起一种让人窒息的压抑。这幅画面似曾相识,可他怎么也无法从回忆中寻找到类似的场景。接着他发觉自己根本无法控制大脑的运转,无法控制自己想起什么,无法控制自己不要想起什么。回忆的泡沫一个接一个破裂,那些画面也跟着一个个出现,最终他的眼前浮现出一段他最不愿想起的记忆。画面定格在那年春节,母亲离开自己的那个夜晚。

"这么晚了,妈妈你要去哪儿?"他问母亲。他看到母亲从清晨起来就开始收拾行李,小小的张雨昂还以为母亲只是在提前收拾。然而到了夜晚,母亲却提起行李箱,走到了门口,穿好了那双出远门才会穿起的鞋。

"去工作。"母亲说着,伸手推开门。

"可这次你才待了四天,以前你都至少待够一个星期才走的。"母亲没有回话,只是动作停顿了一下。

"爸爸,你不跟着妈妈一起去工作吗?"张雨昂回头看向父亲。

张雨昂这一辈子都忘不了自己看到的景象,父亲颓然地坐在位子上，弓着背，整个人像是瞬间老了几岁。父亲抽着烟，地上已满是烟头，家里烟雾缭绕，他就躲在这烟雾的后头，低着头，埋着脸。听到问话他抬起了头，只是远远一眼，张雨昂就看到了父亲眼神里的绝望和冷漠，他看起来完全像是一个陌生人。父亲张开嘴说了句"滚"，啐了一口唾沫，吐在地上。

张雨昂回过神来，母亲已经走到了大门外。他冲了出去，伸出一只手拉住了母亲，母亲的动作静止了，连同空气都停止了流动，可只持续了刹那。

"放手，小昂。"母亲说。

张雨昂的嘴唇在颤动，却说不出话来，只能用力地勾住母亲的肩膀。他使出了浑身的力气，母亲向前走了几步，发现没有办法轻易离开，又停了下来。张雨昂眼看着自己就要获得一个小小胜利，却感受到了母亲肩头的颤抖。

母亲握住了肩头的手，轻轻放下，又转过身来，蹲下摸了摸张雨昂的头，眼里蒙着一层水汽，说："小昂，等你长大了就明白我为什么要走了。你要好好照顾自己，将来成为一个能赚大钱的人，别像你爸，没出息。"

张雨昂刹那间失去了所有力气，双手无力地垂了下来，再也无法抬起。他说不清为什么，但已再没有勇气去阻拦母亲，他敏感地察觉到那个瞬间已经过去了，一切都过去了。母亲站起身来，停顿了片刻，伸手拿起行李，一步一步地走向车站。她每往前走一步，张雨昂的心就往下沉一点，最终他看着母亲的背影消失在视野里，自己的心也恍惚间沉到了海底。他不知道是什么时候走回的母亲的房间，回过神来只看到那些他给母亲画下的画，都被放在了桌子上。她连一幅画都没有带走。张雨昂跑回了自己的房间，把头蒙在被子里，无声地流眼泪。

"画家，画家。"程一勇的声音把张雨昂拉回了现实。

"怎么了？"

"你为什么哭了？"程一勇问。

张雨昂压根儿就不知道自己正默默地流着泪，他赶忙转过身擦干眼泪，回过头说："只是眼睛酸了。"

"我听别人说，人在难过的时候就会哭，就会流眼泪，但我不太明白眼泪是什么。"

"你从来没有哭过吗？"

程一勇摇摇头。

"即使被家人送来这里的时候，你也没哭吗？"

"没有，但我妈妈哭了，抱着我哭了很久。"

"程一勇，你知道自己为什么会在这里吗？"张雨昂突兀地开了口，随后才意识到这可能会引发他的病情。

然而程一勇的情绪似乎没有任何波动。"因为阿斯伯格综合征和精神分裂。"

"你不想要出去吗？我听姜睿提起过一个天才数学家，他也遭受过跟你类似的痛苦，但他最终取得了对人类很有贡献的成就。让他最终治愈的，是身边人不离不弃的爱。老实说，我觉得你不应该留在这里，我也不认为你父母的做法是正确的。"

"画家，你不是第一个这么说的人，但我不能离开这里。"程一勇说，"我有我的理由。"

这孩子说这句话的时候虽然语气依然没有任何起伏，但张雨昂还是感受到了程一勇的情绪有了难得的波动。张雨昂忍不住想，是什么样的理由让感情深厚的一对母子分开？他母亲明明就不想让他离开自己，也不想离开他。想到这里张雨昂的胸口像是被堵住了一般，什么话也说不出来，只觉得喉咙沙哑，干咳了一下。

"你不舒服吗？"

"没事。"张雨昂舔了下嘴唇，蹲下来说，"倒是你，感觉还好吗？"

程一勇直视着张雨昂，像是不明白他为什么要这么问，但还是点了点头，目光回到画中。"我们去叫灿然姐姐，我想让她看到这幅画。"

他们一路来到音乐室。

曲声在前一秒停下了，叶灿然却像是不愿从睡梦中醒来般，闭着眼睛一动不动。当她听到动静睁开眼时，张雨昂留意到她的脸上有哭过的痕迹，眼睛也肿得厉害。程一勇立刻跑到了她的身边，兴奋地让她看自己手里的画。叶灿然的脸上虽然笑着，能看出她是真的替程一勇开心，然而她给人的感觉并不全然是快乐的，似乎仍沉浸在某种挥之不去的痛苦中。

张雨昂想问句怎么了，但又觉得问这些毫无意义。

叶灿然却突然转过身对张雨昂轻声说了句："谢谢你。"
"没什么好谢的，是这孩子自己聪明，我也没出什么力。"他说。
"我不是谢这个，我是想谢谢你把他当成一个正常人看待，我看得出来这孩子现在很开心，他很久没这么开心了。"

张雨昂愣了一下，其实最初会答应继续帮助程一勇学画，甚至愿意尽心尽力地帮忙，只是因为他明白想念母亲的那份心情而已，并非出于想要帮助程一勇的私人情感。再加上见识过这孩子的固执，为了自己着想，还是乖乖答应他的要求比较好。尽管如此，叶灿然的话还是给张雨昂的内心带来了某种安适感。

这一天夜晚，康乐家下起了小雨。

从薄云的缝隙里可以清楚地看到月光，屋内的地板上流动着斑驳的影子，湿润的空气里可以嗅到泥土的气息，还有花儿散发出的芬芳。整栋病房大楼的灯已经全部熄灭，只有对面的医护人员宿舍里还有着点点的灯光。雨点轻轻落在屋顶上，走廊里，玻璃上，听着来自大自然的乐曲，张雨昂感受到了一种奇妙的气氛，仿佛自己的心跳也跟着慢了下来，空气里尽是宁静的气息。

不知何时，雨突然停止，天空从黑色变成了浅红色，月亮也被染上了不同的色彩，变得有些朦胧。

这时他才突然想起，今天陈美芸没有出现，虽然他乖乖吃了药，但没有人给他打针，或许失眠很快便会卷土重来吧。然而，不可思议的是，他没有感受到一丝恐慌。他看着前方的高墙，想象着高墙外的世界，想象着夜里驶过的那条街道。那里一定还很热闹，年轻的人们一定还在酒吧前排着长龙，而那些已经睡下的人，有多少人需要一早就起床，睁开惺忪的睡眼，点上一杯咖啡，在镜子前练习笑容，强迫自己打起精神呢？他们即将要面对的是拥挤的地铁，堵塞的交通，还有忙碌的工作。他们没有自己的喜怒哀乐，因为这只会影响工作的效率；他们被迫放弃自己喜欢的事，因为那只会耗费自己的精力。他们或许从来没有想过，这世界上还有这样一个地方，允许一个人安安静静地聆听下雨的声音。

张雨昂的思绪突然变得清晰，他发觉一旦远离熟悉的生活，视野就会变得开阔起来，即使不像以前一样生活，也能够活下去。就好像他这些日子根本就没机会抽烟，却也能够摆脱烦躁。他又想到小莫，想到程一勇，想到叶灿然，想到姜睿，想着如果是在外面的世界里相遇，大家一定只会擦肩而过，彼此之间不会发生任何故事。每个人都像被上紧发条的时钟，必须时刻"打卡"，按部就班地生活。他又想到绘画时内心的平静，想着老人平日里说的话，想着程一勇说的生活和逻辑，他让这些事情一遍又一遍地在脑海中播放，他知道那个困扰他许久的答案呼之欲出。

就像很久以后才会突然明白曾经读过的一句话到底是什么意思一样，张雨昂突然间明白了那个噩梦的含义。他的心突然加速跳动了几下，所有的一切他都搞清楚了，因为现在他可以跳脱出过往的生活看待那个自己了。外面的世界到底发生了什么，行业内又出现了什么热点事件，金融行业是否出现了新的风口，小程或者龚烨又爬到了什么位置，他已经完全不知道了。奇妙的是，他发觉这些事对现在的他已经不再有意义了。

他也很久没有接触到手机了，自然不知道购物软件上现在推荐的是什么东西。新款瑞典沙发？新出的球鞋？酒应该涨价了吧？不买可就来不及了，这些东西只会越来越贵。罢了，说不定手机都已经更新换代了。在那个已经把他拒之门外的世界里，人们一定还对这些趋之若鹜，四处攀比。

他突然感受到内心传来了一股振奋，差一点就喊出声来。

不久之后，睡意降临，一种许久未感受到的柔和包裹住了他。张雨昂很快就睡着了，没有做梦。

19

七点时张雨昂醒了过来，昨夜的雨让清晨的天空格外清澈。他感觉自己的精神是那么振作，心情又是那么畅快，深沉的睡眠让他整个人都焕然一新，似乎那场雨也洗涤了他的灵魂。他走出房间，深深吸了一口气，又缓缓吐出，清新的空气简直像是刚刚被过滤过，不含一丝杂质。

匆匆吃完早饭，他便跑去活动中心找到了姜睿，急于分享自己的收获。

"我想我知道自己的问题是什么了。"张雨昂刚一坐下就急忙说道,"你之前说'只缘身在此山中',我现在理解了这句话的意义。只有跳脱出来,忘了那些数字,忘了那些身份,才能明白原来一直困扰我的,正是这些物质和虚荣。"

张雨昂完全沉浸在要向人倾诉的心境中,没注意到姜睿似乎想要说些什么。

"我一直觉得自己是一个被抛弃的人,因此成了一个丧失了尊严的人,就像拼图少了一块。这在很长的时间内让我觉得自卑,觉得痛苦,促使我从生活里获取一些别的拼图,用那些来弥补我的自卑,换回我的尊严,换回他人的陪伴和尊重。可事实是无论我怎么努力,在他人看来,都不过是一个无足轻重的人,因为我一直寻找的那块拼图的形状压根儿就是错误的。

"就像那位老人说的一样,外面的世界里只有物质。我以为物质能让我找回尊严,找回自信,却不承想反倒是虚荣和攀比占据了我的内心。我没有时间停下来感受这个世界的美,因而做了那样的噩梦,那个把我关到井底,又把井盖盖上的人,就是无休止的物欲的化身。实际上,我这个人在来到康乐家之前就如同生活在井底一般了,脑海里只剩下一股子赚钱的欲望而已。你说刘老板从未创造什么,我其实也从未创造什么,最后活成了行尸走肉。我想何韵诺大概也是类似的原因,迷失了自我。"

姜睿静静地思索着张雨昂的话,对他所说的何韵诺的事不置可否,沉默片刻后说:"你看起来比最开始我见到你的时候轻松多了。"

"是的,昨天夜里我睡得很好,我已经很久没有睡这么沉了。只要习惯了这里的生活,就会享受到平静,我也不再狂躁了。"

"最初注意到你的时候,你还是因为想要从这里逃离而被抓住。"姜睿笑着,说到这里他停顿了片刻。再开口时他话锋一转,别有深意地说了句:"你会觉得平静,或许是因为康乐家的环境。但环境带来的平静只是一时的,真正能让你平静的东西,只能来源于你的内心。而这种平静,才能够让你应对生活中的事。何韵诺就没能得到平静,所以……"

"不,我的内心是平静的。"张雨昂打断了姜睿,"我能够客观地看待自己,客观地看待回忆,甚至客观地看待康乐家。"

"然后呢?"姜睿安静地听完张雨昂的话,又问道。

张雨昂没能预料到姜睿会问出这么一句,整个人僵在原地。

"我们每个人都向往一段全新的旅途,在旅途中我们的确会觉得轻松,但那只是因为我们逃离了生活。可我们终究要回归生活,就像你我终有一天要离开康乐家,还会遇到物欲,遇到竞争,遇到他人。在这世界上,我们无论如何都不可能完全远离他人而生活,不是吗?逃离过去不是答案,如何面对未来才是答案。倘若真的是物欲占据了你的内心,让你迷失了自我,现在你应该找回前行的方向,找到正确的拼图了吧。"

张雨昂本想要说的话,被姜睿的这段话通通堵了回去,有一瞬间他自己都不知道自己要表达什么了。他摇了摇头,觉得有些挫败,同时也有些恼火和不耐烦。他第一次觉得姜睿所说的一切都不过是故弄玄虚,他甚至想跟姜睿大声喊道:"你懂什么,我能够意识到这些难道不已经是一件很了不起的事了吗?生活从此刻才刚刚开始!"然而这股愤怒转瞬即逝,因为张雨昂知道姜睿对自己一向友好,绝不是在刻意挖苦。

"有个问题上次你没有回答。"张雨昂问道,"你为什么会出现在康乐家?"

姜睿笑着说:"怎么突然又好奇了?"

张雨昂摇了摇头,说:"因为你看起来太正常,又太不正常了。这么久了我也没见你犯过病,可这段时间我也接触了一些曾经患病但基本上痊愈了的人,你给我的感觉又跟那些人截然不同。再加上你想的似乎跟我们总是不同。现在我被搞糊涂了,我无法判断你到底有没有治愈自己的病,无法判断你是不是一个正常人。"

姜睿迟疑片刻,才开口说道:"我明白你的意思,我介于两者之间。我的病并没有被彻底治愈。我之所以会来到康乐家,是因为我面对所有的事情和人都觉得焦虑不安，无法融入外面的世界。"

张雨昂的眉毛扭在了一起，满是疑惑："如果你没有被治愈，为什么要出去？"

"这可不像是我最初认识的那个你会问的问题，那时你满脑子想的都是怎么离开。"姜睿说到这里停了下来，目光像是看着远方，缓缓说道："还记得我之前对你说过的话吗？你是一个还有着同理心的人，那么你早晚会发现这里的不自然。"

张雨昂困惑地看着姜睿，摇头说："我不觉得这里有任何不自然的地方。"

"只要有人存在，桃花源就不会存在的。"姜睿说，"人无法消除自己的欲望，只能学会与那些欲望共存。欲望不仅仅只有物欲一种，追求自由，愿意帮助别人，期待别人发自内心的认可，这不都是欲望的表现吗？生活没有了期待，那还剩什么呢？"

张雨昂皱起了眉，张开嘴想要说些什么，但还是决定保持沉默。

他的脑海里闪过一丝丑恶的念头，说不定眼前的这个男人从一开始就在犯病，只不过他的病症不像别人那么明显。电影或者书里都描写过这么一类精神病人，他们整天神神道道，满口哲理，自以为通透，但说出的话根本不符合常理，对人毫无帮助，只是一些臆想。说不定姜睿就是这样的人。

接着他又观察了一会儿姜睿，怎么也看不透眼前的这个男人。但他敏感地意识到自己绝不能跟姜睿继续交谈了，否则他好不容易得到的平静又会变得混乱。

之后他找了个理由，先行告别了姜睿。

20

昨夜的雨水让康乐家的花草树木更显得生机勃勃，姜睿跟张雨昂告别后，便走进了后山。他想看看去年种下的那棵小树苗，现在长成了什么样。眼前出现了一棵一米高的小树，他蹲下来给它松了松土，加了养料，又把土重新盖上。

看来是没法看到它茁壮成长，成为一棵参天大树了，姜睿想。

前阵子他就已经跟马镜清商议好了出院时间，马镜清也欣然同意。他的确很长时间没再犯过病，马镜清也认同他完全有重归社会的能力。

姜睿知道他不该留恋这里。可现在他的心头浮起了一丝不舍，或许是看到了这棵小树，或许是刚刚张雨昂的话让他想起外面的世界有多糟糕。

他也想起了自己最初为什么会跟张雨昂搭话，因为张雨昂的境遇让他想起了曾经的自己。曾经他也被人这么愚弄过，曾经他也那么无能为力。

姜睿在大一时对电影产生了浓厚的兴趣。

那时他有了自己的第一台电脑。一天夜晚，他看了一部电影。那部电影讲述了二战时期一个好心人收留犹太人的故事。姜睿小时候在课本上了解到世间曾发生过那样的战争，但教科书对那场战争只是记载了寥寥几页，前后翻页不需要一分钟。看完电影后他久久不能回过神来，当时的感受很难用言语来概括，同时他也深深爱上了电影这种表现形式——它可以让人们直观地看到不同的人生。

高中毕业时他听从父母的安排，选择了一个从未接触过的专业。刚进大学的那段日子里，一切都是新奇的，他也以为自己很快就能从全新的专业中寻找到乐趣，但学得越久就越是发现，只与数字打交道的世界是多么无趣，根本不适合自己。身边的大多数人都只看得到眼前迫切的利益，只顾着寻欢作乐，挥霍着父母的钱财,享受着看似来之不易的自由,完全不去思考以后的生活要怎么度过。他们之所以选择这个专业,只是因为这个专业最容易就业。

这样的发现让他对学业再也提不起兴趣,但依然犹豫着是否要投身于电影的世界。

直到大二时,姜睿在网络上看到了对一位纪录片导演的采访,这让他受到了强烈的鼓舞。那位导演对电影充满热情,即使多年来他一直一无所有,他也愿意奋斗下去。

姜睿在导演的身上看到了自己所向往的"信念感"。

对电影的热爱在他心里发了芽。

在这之后,他把所有的空余时间都投入了电影专业的学习。学校里学不到相应的课程,他就买了一堆专业书。没有钱买设备,他就牺牲睡眠时间去打工,即使是打工时,也在本子上一遍遍写着台词和脚本。不久后,他买到了属于自己的第一台摄影设备,他看着摄影机,仿佛看到了自己的梦想突然变得触手可及,那一瞬间他觉得自己变成了飞翔的鸟儿。

一天,母亲从老家赶到北京,撕掉了他所有的电影相关书籍,把他的摄影机狠狠砸在地上,劈头盖脸地把姜睿贬低得一钱不值。然而他却决心坚持到底,即便母亲威胁要切断他的所有经济来源,说:"如果你不好好毕业,我们就当没生过你这个儿子。"

这之后没多久,他就被一个网络摄影工作室骗光了钱,身无分文,但他依然没有想过再去向父母要一分钱。他明白,自己的梦想不应该由父母来买单。最终他还是以本专业毕业,成绩优异,只是为了能给父母一个交代。

即便如此,毕业后他告诉父母想要靠自己的能力继续闯荡时,却依然不被理解。他被彻底地轰出了家门。

他就这么开始了追梦的旅途,可就像爬一座山得爬到半山腰才知道这座山峰到底有多高一样,姜睿发觉梦想原来一直在海的另一端。

几年过去,即使他足够努力,也依然没有闯出名头。这期间只有一个制片人主动找过他,姜睿本以为自己终于时来运转,制片人却突然话锋一转:"作为个人我很喜欢你的想法和剧本,可从公司的角度来看,这样的东西不会产生任何经济效益。你考虑过这些吗?"

"可每年还是会有很多文艺片上线啊。"他说。

制片人摇摇头,说:"那你也知道他们只是叫好不叫座吧,如果是十年前,或许我们会毫不犹豫地签下你,那时候为了心中的梦想,为了电影行业真正的繁荣,我们还愿意做吃力不讨好的事。但现在这年头,理想如果不能变成钱,没有人会愿意接手的,抱歉。"

制片人说得真诚,可不知为何,在姜睿听来颇具讽刺意味。

"我今天来找你,是想告诉你,眼下你必须转变风格,等你能靠其他影视作品赚到钱,再回过头拍你想要的东西。"制片人接下来所说的话再中肯不过。

姜睿却当即回绝,说:"我不能做自己不喜欢的事,已经努力这么久了,我相信再努力一段时间一定会有回报的。"

"希望如此吧。"制片人拍了拍姜睿的肩膀说。

又一年过去,春节到来,电影市场热闹非凡,可这跟姜睿毫无关系。他住在地下室里,屯了一箱又一箱泡面,每天几乎只睡三小时。他一如既往地给影视公司寄样片,也开始借助网络,只是依然没有任何水花,反响寥寥。

这么些年他一直没敢回家,压根儿不知道要怎么面对父母。已经几年没再联系,可就在这天,母亲给他发了一条信息,问他要不要回家,短短几个字却让他几近崩溃。他决定再坚持一个月就放弃,就在这个月快结束的时候,姜睿总算迎来了转机。

他接到一份影视工作室的邀约,第一时间他还担心又遇上了骗子，仔细一看才发现，这份邀约竟然来自那个最初给予他力量的纪录片导演。他看到这封邮件时，压抑不住内心的喜悦，忍不住手舞足蹈。

两人约在工作室见面，相谈甚欢，姜睿更是看到了导演眼中的热忱，这让他觉得自己的坚持一点都没错。他当即加入了那位导演的工作室，尽管薪水低得可怜，但他重新得到了前行的力量。

一天导演喝得烂醉回到工作室中，兴奋地告诉姜睿："电影有指望了！我刚才见了几个资方，他们答应投钱了！"

话没说完他就跑到厕所吐了起来，瘫倒在地板上。他顾不上脸上的狼狈，绽放了一个大大的笑容，双手举起说："等我的电影上映后，我们就想办法拍摄你的电影。"

姜睿笑着说："不着急。"

他是发自内心地替导演开心，他知道导演为了这个梦想坚持了十二年。

"我们要坚持自己的理念，然后改变行业，绝对不放弃！"

"没问题。"

"你说什么？我没听到。"

"没问题！"姜睿大声回答，认真地点头。

那天以后，导演比以前更努力地投入电影的制作，他废寝忘食，生病了也不愿意去医院，出去应酬的次数也越来越多，几乎次次喝得大醉，但他觉得一切都值得。然而电影拍摄到一半时，资方却违背了承诺，大幅削减资金投入，导演对此无能为力，明知受了欺骗，也只能咬牙继续坚持下去。如果现在放弃，只会比原来更糟，这一切都是他好不容易才迎来的希望。于是他一咬牙，卖掉了自己安身立命的房子，把工作室搬到了片场，晚上累了就在椅子上休息。同时想尽办法筹钱，回到老家，挨家挨户地求人，竭尽全力把这丝希望的火苗一点点地延续下去。

又一年过去，电影终于如愿上映。他们走进电影院，在一个角落看到了小小的电影海报，旁边写着导演的名字。虽然影厅里没有多少观众，这部电影也注定不会获得太多关注，但他们还是掩饰不住自己的兴奋。导演让姜睿拍了好几张照片，又叫来了所有工作人员合照，梦想照进了现实，导演终于如释重负，脸上洋溢着笑容。姜睿看到这样的场景，不由得热泪盈眶。终于等到这一天了，所有的付出都是值得的。

但是，电影开播后没多久，姜睿就发现了不对劲，他疑惑地看向身旁的导演。导演的脸色也越来越惨白——这根本就不是他们最初拍摄的电影！

这部电影原本讲述的是孤儿院的故事，可不知怎的，孤儿院的孩子们只出现在最初的十五分钟，剩下的时长里大部分都在讲述女主角的爱情故事。电影还没有播完，两人如坐针毡，提前离开了影厅。

他们面面相觑，从对方眼里看到了同样的疑惑和震惊。
"怎么回事？"姜睿问。
"我也不知道。"导演木然地摇摇头，声音直往下沉，"当时我答应资方加入一个女性角色，但我给她安排的戏份根本没有这么多，这段爱情戏我……我应该剪掉了啊！"

晚上姜睿陪着导演去见资方，导演质问是怎么回事。
资方一脸不屑地说："不然呢？你以为我们为什么要给你投资？谁会喜欢看孤儿的生活和成长？看看这个时代吧！"
导演愣住了，他没有想到会得到这样的答案。姜睿则怒不可遏，直接破口大骂。可没想到偏是导演拦住了他，导演无声地向姜睿摇摇头。

下一秒导演走到了资方的身边，膝盖一软，跪了下去。"求求你，让原版的电影上线吧。"
"哼，你觉得我是傻子吗？再说了，电影一旦上映，就只能是影院呈现的版本。这你还不懂吗？木已成舟。"

姜睿冲了过去，导演背对着姜睿，伸出了一只手，示意姜睿不要冲动。他顿了顿，把头磕到地上。"这部电影，是为了孩子们拍的，是为了让更多人看到那些孤儿拍的，我答应过他们，会把电影带回孤儿院。我不求你做什么，我只求你把我拍好的那版电影的素材备份还给我，我知道是你拿走的。拜托了。"

姜睿看到这一幕，忍不住闭上了眼睛。他深吸一口气，咬紧了牙，走到了导演旁边，也跪了下去。

"拜托了，这是王导十几年的心血，他把全副身家都搭了进去。他不为钱，不为名，就为了把电影拍好。就算你不爱惜它，也至少不要损坏它。"

可低下头的他们只听到"哼"的一声，保安走了进来，把他们架起准备强行抬走。姜睿忍无可忍，站起身来跟保安厮打在一起，接着抽出身，不顾一切地冲向资方。

刚冲到他身前，却又是导演挡在身前。

"你干什么！"姜睿怒吼着。

"走吧，姜睿，走吧。"

"走？看我不打死他！"姜睿怒目而视，资方却一脸不屑。

"今天如果你动手了，我敢打包票，我会让你们一辈子都没有翻身的机会。"他恶狠狠地说。

"我不在乎!"

"我在乎!"导演打断了他们,用力握着姜睿的手腕,拉着他,"走!快走!"

姜睿气愤到简直无法呼吸,可拗不过导演。他还是第一次听到对方的声音这么严肃。

两个人走到外头,寒风刺骨,路灯昏黄,街道不见几个行人。

导演蹲在地上,在口袋里摸摸索索,抽出一根烟点上,抬起头看着烟雾消散在空气中。

姜睿说:"我就算豁出这条命,也要给咱们讨个说法。"

"你还年轻,招架不住人家的打击报复。"导演说,"咱们再想想别的办法。"

"还能有什么办法?你所有的存款都拿出来了啊!"

导演沉默良久,又点起一根烟,才慢慢站起来,弯着腰弓着背,满脸写着疲惫。又过了好一会儿,他才对姜睿说:"你听着,不能惹麻烦,你还有你的梦想。我大不了从头再来,没事的,十二年了,我都是这么过来的……回家吧,回去吧。"

姜睿没法再劝一句,只能长叹一声。

"我就不去了。"导演挤出了一个笑容,接着说,"你那地方挤。"

"那你去哪儿?"

"我很久以前住过的一个地下室,前几天就联系好了,我回那儿窝几天。有朋友照应,我们也商议一下往后怎么办。"

"我跟你们一起。"

"不用,你也很久没有好好休息了,回去好好睡一觉,明天我会联系你的。"他笑着说,"真没事,真的,你回吧。"

这竟是他们见的最后一面。

一整个夜里姜睿都没有睡着,第二天清晨七点左右,他接到了警察的电话。

老王选择了离开这个世界,绳索就挂在天花板的铁钩上,没有人知道那铁钩到底是怎么挂上去的。天花板上刻着一行字:"我曾努力活过,现在决定去死。"

警方把绳子割断,把他放下来,他的身体还有余温,但已经没有呼吸了。桌子上留下了一封遗书,警方进行了现场勘查和多番调查后,认定是自杀。

那封遗书上只有短短一句话:"我的所有摄影器材都留给姜睿。"

接下来的一个月里，姜睿无法拍摄，也无法思考，无论做什么事都没有力气。他深夜没法入眠，因为一旦闭上眼睛就仿佛能看到导演死去的画面，他吊在那绳子上的时候，会不会觉得后悔呢？为什么这个世界会逼死一个如此善良的人呢？难道深爱着这个世界的人，反倒不会被这个世界爱着吗？

姜睿满脑子都是这些问题，他知道自己永远找不到答案。

一天清晨，他走在路上，突然觉得胸闷，根本就喘不上气来。身边所有的人都仿佛在用两倍速走着路说着话，每个人都变得攻击性十足。姜睿无法理解到底怎么了，只能痛苦地抱住脑袋，蹲在地上。不知道过了多久，他的呼吸才恢复正常，感觉到身体有了一点点力气后，便飞速跑回了家。他打开了所有的灯，躺到床上，听着秒针"嘀嗒嘀嗒"，看着世界逐渐恢复正常运转。

或许是因为昨天夜里没有睡好，现在补个觉就好了，他只有这么安慰自己。

醒来后他饥肠辘辘，去超市买了一块面包，一路上他都小心翼翼。回到家后他不知道怎么度过漫长的一天，便打开了电脑，他不愿意看任何与电影相关的东西，便打开了新闻网站。他滑动鼠标，看着一个个社会新闻，看着一个个比电视剧还魔幻的真实故事，看着人们被欺骗，被侮辱，突然间，他的手开始发抖，胸闷的感觉再次出现了。电脑里的界面兀自刷新着,永远都有新的消息:新的热点,新的娱乐新闻,新的社会事件。姜睿感受到身边的所有东西又开始飞速运转,他看向时钟,就连秒针都在以不同的方式运转着,仿佛全世界都在加速,只有他活在自己的时间里。

姜睿感觉待在房间里再也无法呼吸,发疯似的冲门外跑去,正遇到上楼的邻居。邻居跟他打招呼,冲他挥了挥手,可在姜睿看来这样一个日常的举动却充满了危险的气息。他向后退了一步,一个踉跄跌倒在地,抱住头,大喊着:"别过来!"邻居愣在原地,过了一会儿她尝试着走近些,看看姜睿到底怎么了,姜睿却突然弹了起来,把她推倒在地,冲到了街道上。

他无法把握身边的事物与自己的距离,即使离街道还很远,可街道上行驶的车辆仿佛就在眼前,他觉得自己下一个瞬间就会被撞倒。他的大脑也在飞速运转,所有看过的电影和新闻画面都在不停闪现,冷汗把衣服打湿,他感受到身体的所有血液都流向了心脏,仿佛下一秒心脏就要破裂,接着他发疯一般一边大喊一边向前方跑去。

停下来时,他已经不知道自己身处何处。他看着周围的一切都是天旋地转,觉得自己怎么都无法融入这个世界。他无法理解这个世界为何如此魔幻,也不明白为什么自己总会遭遇不幸。他只能无力地瘫在地上,整个人抱成一团,瑟瑟发抖,嘴里不住地喊着:"救救我,救救我,救救我……"

姜睿不知道自己为什么会在警察局,警方询问他一些问题时,他也听不清讲的是什么。他蜷缩在一个角落,任何人靠近都会害怕。他在看守所待了一周,一周后他的母亲出现在眼前,可他连母亲的靠近都拒绝,仿佛她是一个陌生人,一个随时会威胁自己生命的人。

三天后的夜里,他清醒了些,乞求能见自己母亲一面,但没有人做出任何回应,仿佛他已经被人彻底放弃。就在这天夜里的晚些时候,看守所来了几个医护人员,强行把他给带了出去。

"又一个精神崩溃的?"其中一个护士问身边的医生。

"可不是,"另一个人说,"最近这世道,还真是不太平啊。行了,快把他送去康乐家吧。"

21

张雨昂吃完午饭,走去画室的时候,心中依然蔓延着些许的愤懑。早些时候他跟姜睿分享自己的收获,却没想到姜睿竟会那么答复自己,那感觉就像是被泼了一盆冷水。

现在,他只想安静地画一会儿画。可刚坐下没多久,就听到活动中心传来了一阵骚动声。

他看向门外，几个安保人员和医生向着活动中心的方向赶了过去，心里祈祷着他们能赶快搞定这阵骚动，这些人总是有办法的。

他把门掩上，又坐回到座位上，外面的骚动声似乎小了一些。他拿起画笔，准备投入绘画的世界，过程却并不顺利。他不明白为什么现在的自己无法集中精神，门外的每个脚步声他都听得清清楚楚。又有一阵脚步声传来，门被"咚"的一声打开了，张雨昂不耐烦地抬起头，却正对上小莫慌乱的眼神。

"怎么回事？"他一脸疑问。

小莫抿了抿嘴唇，好似说话都需要用尽全身的力气。"是小勇，"她说，"刚才的骚动声是他。"

"怎么回事？"难道他又犯病了，可最近他的情绪很稳定啊，莫非是刘老板一行人做了什么，张雨昂感到困惑不已。

"我不知道到底怎么了，"小莫摇头说，"只知道他一直大声叫喊，大吵大闹，说着必须要马上出院之类的话。"

张雨昂吃了一惊，因为那孩子昨天还很坚定地跟自己说过，他有不能出去的理由。短短一天，能发生什么事，让他突然想要离开？

"现在怎么样了？"他问。

"我汇报给院长了,他说小勇的事他会亲自处理,现在小勇被送进了院长那里。"小莫说。

张雨昂点点头,放下心来,说:"那应该就没什么大问题了,等明天见到程一勇,再问问他到底是怎么回事。"

小莫看起来却有些难以启齿,过了一会儿才说:"张先生,我们可能需要你帮忙。"

"帮忙?"

就在这时,张雨昂才发现叶灿然一直默默站在门外。

他的视线转向叶灿然,发现她的脸上毫无血色。

"我不想来打扰你,但小莫坚持。"叶灿然说,"我们准备去找马镜清院长,问问小勇到底发生了什么事。"

"这种事问在活动中心的人不就知道了?"

叶灿然摇了摇头,说:"他们也什么都不知道。"

"那为什么要找我?我更不知道他发生了什么。"

"不仅仅是要搞清楚小勇到底怎么了。"小莫说,"这次的事件很可能会让小勇的治疗发生变化,因为康乐家绝不会允许有人擅自逃离,这是我们最不想看到的事。最近那孩子的情况很稳定,而你跟小勇的接触比我们都多,你去的话可以更好地说明情况。马院长现在在会客厅,有两个重要的会面,等他结束了会通知我的,到时候我带你们过去。"

张雨昂从没搞清楚针对程一勇的治疗到底是什么，就他自己而言，他所接受的是药物治疗、集体治疗和一些常规的心理咨询。

他不由得想起程一勇上次眼中的恐惧，忍不住问："程一勇的治疗到底是什么？"

然而没有人回答，张雨昂能够清晰地感受到气氛瞬间变得压抑，空气似乎结成了不均匀的硬块。

小莫似乎是觉得气氛过于沉重，唯一能做的只有转移话题，于是她走到张雨昂的面前，问起他画画的事。张雨昂不明所以，但也没再坚持问下去。

就在这时，叶灿然悄然离开了。

这些日子，叶灿然觉得浑身无力，眼前的世界暗淡无光，痛楚就像潮湿的空气一般，走到哪儿都无法摆脱。她的思绪无法集中在任何一件事上，就像所有的小溪终会流到大海，她总会不自觉地想起何韵诺，想起她们互相分享人生，想起她们拥有着相似的痛苦，想起她们几乎每个周末都聚在一起，想起跟何韵诺一起唱歌的日子，然后潸然泪下，眼泪怎么也不能停止。

程一勇的事让叶灿然想起，和何韵诺熟悉以后，她曾和对方说起自己向往的生活。如果有一天她真的能离开康乐家，就去一个没有人认识自己的地方生活，开始不一样的人生。

"我没有什么宏大的愿望，如果能离开这里的话，我想去海边，开一家花店。"叶灿然说完，又不好意思起来："很幼稚的想法吧？"

何韵诺摇了摇头，说："很棒的想法啊，那就这样说定了，你当店长，我当店员，到时候我负责替你吸引顾客。"

"这不就屈才了吗？"叶灿然说。

"帮朋友怎么叫屈才呢？"何韵诺笑着回答，"对了，来这里的时候，我的所有私人物品都被没收了，连吉他都不能带进来。喏，只允许我带这个竖笛进来，这可是我学会的第一种乐器。我来教你吹一首曲子吧，很简单的。"

为什么要想起这件事呢？叶灿然想，想起这些还有什么意义呢？

她又想起前阵子姜睿对自己说过，何韵诺的死已是一个既定事实，谁都无法改变，尽管悲痛，但她应该努力生活下去，因为那是何韵诺最希望的事。

可又哪里来的勇气重新开始生活呢？

不知不觉叶灿然的眼前又一片模糊，她擦干眼泪，定了定神，走向音乐室——只有在听到那首曲子的时候，她才觉得悲伤可以稍稍退去。

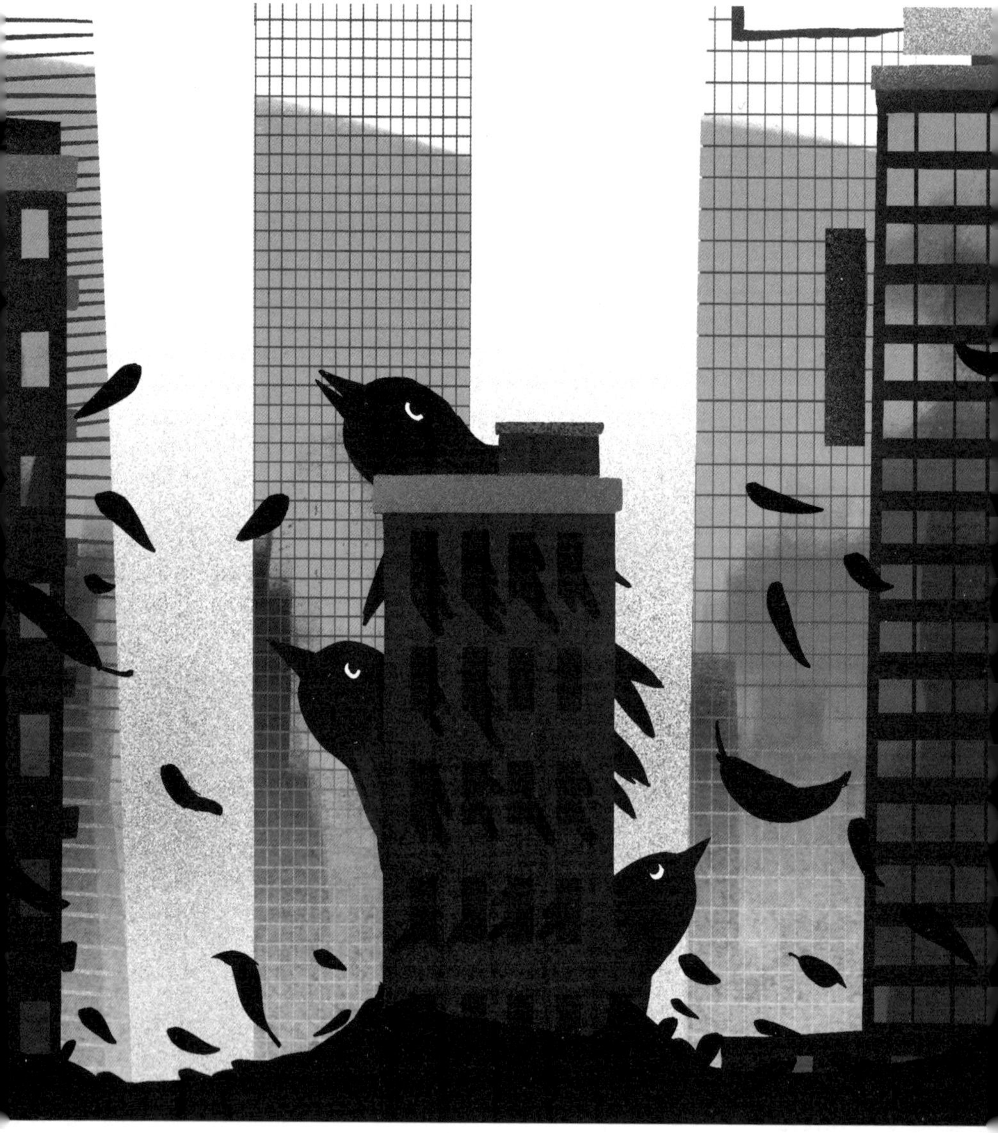

第五部分

我与你之间的距离

> 他从未考虑过:
> 一个人选择离开,
> 是为了让另一个人过得更好。

22

马镜清的面前正坐着一个访客。

"我没有看到程一勇有任何好转的迹象。"他一字一句地说,语气冷淡得像结了冰。

"您儿子所得的病本就复杂,光是阿斯伯格综合征就很难治愈,它是广泛的神经发育障碍的一种类型,也属于孤独症的一种,通常来说只能慢慢改善。就是因为之前没有及时治疗,才会让他产生妄想,现在的治疗需要更多的时间,请您明白。"马镜清客客气气地说。

"阿斯伯格,阿斯伯格,现在又是孤独症了。不管这种病是什么,你都必须给我治好他。"男人说,"你知道我每年给你们康乐家投资多少钱吗?有必要的话,我甚至可以让康乐家消失。"

马镜清没有立刻答话,但深知他所言不假,只要他一句话,何止一个康乐家,半座城市都能被他搞得天翻地覆。

"程先生,我想我已经给您解释过什么叫阿斯伯格综合征和孤独症了，"不久后马镜清开口说道，"古往今来，许多有大成就的人都身患类似的疾病。的确，在当今社会，不能正常社交会被很多人看作一种缺陷，但您有没有想过，不是每个人都必须要学会社交，也不是每个人都必须要学会跟身边的人搞好关系。您儿子很聪明，这一点我想您也很清楚，假以时日他能够取得成就的。"

"你举的那些例子我已经听厌了，什么成就，他们在活着的时候受过尊敬吗？爬到过什么很高的地位吗？就算是凡·高，又能怎么样，他最终回报父母了吗？他为自己的父母做过什么吗？"男人面色阴沉，继续说道，"我明确告诉过你，如果他想要在这个遵循丛林法则的世界生存下来，就必须学会左右逢源。他现在是什么样子？我不求他有多能言善辩，可连跟陌生人对视的能力都没有，甚至都无法跟我正常沟通。这样的人将来到了社会上能有什么用，谁会欣赏他？谁会重用他？谁会跟随他？是金子总能发光，这个道理早就过时了。"

"一句话，必须把他的病治好。"他下了最后通牒。

马镜清不是第一次跟程一勇的父亲打交道，他非常清楚这位父亲心里的想法：他中年得子，现在年近五十，恐怕过不了多久就要从现在的位置退下来。而一旦离开了权力和金钱中心，就会很快被人遗忘，没有任何一个人能接受这一点，尤其对他这样一个曾经呼风唤雨的人而言。因此他牢牢把控着儿子的人生，为儿子安排最好的学校，带儿子出入各种社交场合，从小培养儿子的领导力，与其他精英的孩子生活在一起，这一切都是为了让儿子从小就脱颖而出，为了让儿子从小就累积足够的人脉，为了让自己老了还能被人夸一句"虎父无犬子"。然而他怎么也没有想到，自己的儿子居然会如此不合群，居然会产生妄想，会没有办法在学校里待下去，这让他觉得耻辱。

还有一点是这位父亲心中所想，但从未说出口的：如果程一勇没法康复，将会对自己的退休生活产生极大的负面影响，现在光是让他的孩子来到康乐家就已经让自己脸上无光。

恐怕这才是他如此着急的原因。

马镜清决定打破沉默，他递给程一勇的父亲一份文件，里面详述了国内外的类似病例，语气谨慎地说道："程先生，您可以先看看这些病例。根据最新的研究，大部分人会产生妄想、幻觉、幻听，或者是抑郁，除了遗传基因的因素外，大多都是因为人际关系中产生的困扰，这也就是我们所称的社会心理因素。以程一勇为例，当然，他的疾病有很大一部分来源于先天因素的影响，然而促使他最终病情恶化，不得不送来康乐家的另一大因素，就是您。当初您送他来的时候我就跟您说过了,如果您平日里可以多陪他一下,多关注他的心理健康,他的病症是可以控制的,甚至能够得到改善。即使后来他被送来康乐家治疗,您也应该更积极地来康乐家看望他。"

"我说过,我没有时间。"男人不耐烦地挥了挥手,脸拉得很长,绷得很紧,"如果我不努力工作,他怎么能享受到最好的教育资源?院长,你根本就不知道我的难处,我为了这孩子简直做牛做马。在这个时代,一个人一出生竞争就已经开始了,我得让他赢在起跑线上。再说了,陪伴孩子这件事情当然是他母亲的责任,女人就该做这样的事。"

"不是的。"马镜清摇了摇头,认真地说,"在孩子的成长过程中,父亲母亲同样重要,分别扮演着不同的角色,有时候角色也可以互换,但缺一不可。"

"我今天不就来了吗?"男人说道。不愿在这个话题上多说下去,他看了看表。

"程先生,如果不是我要求您把孩子母亲的情况告诉他,您会来吗?"马镜清问。

男人的脸上闪过一丝愠怒,但没有发作。他咳嗽一声,冷冰冰地说道:"这是我们自己的家事。"

"我们认为,最好还是让那孩子知道母亲的情况,不管对他的病情有没有帮助,他都有知情权,如果瞒着他就太不人道了。"马镜清扶了扶眼镜,说:"说到这里,我还有一件事情想跟您商议。"

"有话就说,我赶时间。"男人说着从衣袋里取出香烟,打开打火机,完全无视禁烟标识,朝天花板吐了一口烟。

"像这种情况,程一勇是被允许离开康乐家一段时间的,那孩子可以陪在母亲身边。我知道他跟母亲的感情深厚,这样说不定也能够改善他的病情。"

"多此一举。"男人把烟灰抖落在身前的杯子里,掏出手机看了眼信息,"他母亲很快就能出院了,她体弱多病,进医院的次数比坐地铁还多,有什么好大惊小怪的。再说,难道要让我的同事和下属们看到程一勇,看我的笑话吗?"

"您儿子不是一个笑话!"

"他不是笑话是什么?哦对,是祸害,如果不是他,我妻子能因为早产而落下病根吗?"

马镜清怒不可遏,然而理智告诉他不能冲动。他已经不再年轻,现在他年近七十,是康乐家的院长,面前坐着的人得罪不得。

男人抽完烟,拿出手机打给了司机,站起身来跟马镜清告别。

出于最后的礼貌，马镜清一路把他送到电梯口。

电梯门静静地打开了，在走进电梯后，男人似乎是想起了什么，嘴角挂着冷漠的笑容，回过头补充了一句："哦对了，马镜清院长，你今天让我很失望。"

电梯门关闭后，马镜清心情复杂地叹了口气。

他回到会客厅，无奈地坐了下来，没有心情立刻接待下一位病人家属，他拿起手机，再次打开了程一勇的病历和档案。

身患阿斯伯格综合征的孩子们需要接受的治疗内容包括人际关系促进、行为矫正、认知训练、情绪调控等等，然而程一勇的情况更为复杂，他还患有儿童精神分裂，这几乎不可能在短期内治愈，甚至根本谈不上治愈。只有良好的环境才能够让这种疾病改善。程一勇的父亲想要让他进入自己的社交圈，小小年纪就得在各种人面前表现得游刃有余，这种做法简直就是把那孩子推向火坑。

"我不可能改变他的看法，每个人都有自己的命运。"马镜清在心里说道。

多年前他的志愿还是改变人们对心理疾病的刻板印象，他不遗余力地四处奔走,告诉人们许多心理或者精神疾病的来源,已不再仅仅是基因或是神经发育问题,社会心理因素才更值得被注意:人们的价值观变得过于单一,能否取得"成功"已经是衡量人的唯一标准。然而并不是每个人都能达到世俗意义上的成功,每个人都有自己能做到的事。从前安稳地度过一生,过得幸福快乐也是一种活法,可现在的人们认为这样的活法毫无价值。

而现在他变成了六十九岁的老人,时代依然在发展,科技依然在进步,世界日新月异,前进的步伐越来越快,而他早就没有了改变世界的雄心,他只想自己的世界不被改变。

这或许就是他自己的命运,他注定无法改变洪流。

他按着太阳穴,关掉程一勇的档案,告诉自己今天要做的事还有很多。

他打开下一个档案:叶灿然。最近这段时间,这位病人一直在音乐室附近活动,这是出自马镜清自己的授意。他让叶灿然停止所有集体活动,在不影响康乐家秩序的前提下,专注做自己喜欢的事。他仔细研究着叶灿然的病历,预估着她的心理承受能力,然后他拿起电话,让护士把叶灿然和张雨昂叫来。

紧接着他打开门,接待了下一位家属。

叶灿然的丈夫。

马镜清看了看手表,在心里迅速定下了一个计划。

23

"我什么时候能见灿然?"叶灿然的丈夫刚一坐下就问道,他显然迫不及待地想要见到自己的爱人。

"这取决于病人自己的意愿。"马镜清说,言下之意是现在还不到时候。

"我不明白。"男人坐在他面前,悲伤地说,"我已经做到了能做的一切。"

马镜清点了点头,说:"叶灿然对你的评价也是如此,她告诉过我,跟你在一起的时光,是她最幸福的日子。"

"那为什么!"男人的情绪激动起来,随后意识到自己的失态,清了清嗓,语气颓然,"那为什么当初她不愿意跟我继续生活在一起?非要跟我离婚不可。"

马镜清嗟叹一声,说:"愧疚有时候对一个人来说也是很沉重的,说不定是最沉重的东西。还是那句话,最重要的是病人本人的意愿。不过,有一点我是很清楚的,她选择离开你,是希望你能过上幸福的生活。已经四年了,我知道你还是无法彻底放下,但你也该继续前行,过上属于自己的生活。你对叶灿然的关心,不见得一定要以丈夫的名义。说到这里,据我所知,近一年你似乎有再婚的意愿?"

男人的眼神黯淡了下去,说:"那都是糊弄家人和同事才说的,院长,让我跟灿然见一面吧,自从她来到康乐家之后,我们还没有好好说过话。"

说到这里他看起来有些迟疑,再开口时声音有些含糊:"我想告诉她,我还在等她,离婚协议书我还没有签字……"

马镜清惊讶地抬起了头,这句话完全出乎他的意料。他懊恼地抚额,他原本想要诱导叶灿然的丈夫说出自己现在良好的生活状态,这样一来说不定叶灿然就能放下自己的愧疚。根据康乐家的调查,离婚协议是他们三年前签下的,他在外界的生活也有条不紊,逐渐步入正轨。显然,康乐家的调查人员低估了这个男人对叶灿然的爱。

"马院长,你怎么了?"男人问。

现在也只能见机行事了,马镜清暗叹一声,好在大门并没有被打开,也听不到门外有任何异响。于是他表面上不动声色,用公事公办的语气说道:"这是你们之间的事,作为医生我无权干涉,但这件事你还是不要告诉叶灿然比较好。"

男人没有回答,但神情里尽是无法掩饰的沮丧,最终他默默点了点头,说:"我相信你的判断,如果灿然准备好见我了,无论是什么时候,我都会立刻出现。"

两人的谈话会客厅外听得清清楚楚。

张雨昂看着叶灿然猛地浑身一颤,原本脸上就没有什么血色可言,现在更是变得一片惨白。然后她没等马镜清找他们谈话,便自顾自地离开门诊楼。她看起来是那么悲哀和痛苦,让张雨昂没能说出任何一句话。叶灿然离开后,张雨昂感到一种深深的困惑,听起来至少她在外面的生活是幸福的,他不明白为什么她会来到康乐家,又为什么不愿意见自己的丈夫一面。他发觉叶灿然的情况在自己的理解范围之外,他从未考虑过:一个人选择离开,是为了让另一个人过得更好。母亲当时是这么想的吗?不,不是的,父亲和自己的生活分明因为母亲的离开变得一团糟。但无论如何,不是所有的离开都意味着抛弃,这种念头出现在了张雨昂的脑海,他的心里五味杂陈。

大门被无声地打开,男人颓然地走了出来,张雨昂看得出来他深受打击。

男人走远后，张雨昂站起身来，走进会客厅。

"你最近感觉怎么样？"马镜清向他打招呼。

张雨昂走到马镜清的面前，环顾四周后问道："今天怎么没有安保人员？"

马镜清笑着回答："根据我们最近的观察，你的躁狂症已经基本得到了控制。"

"这么说，我很快就能离开这里了？"

马镜清先是点头，而后又摇了摇头，说："还需要时间来判断，很多病人在这里时，病情都得到了控制，但一旦回到了外面的世界，病情就会反复。"

张雨昂的心情有些复杂，他发觉自己并不急于离开康乐家，在这里他至少感受到了一种轻松和充实，在外面的世界里，他可没办法这样生活。但又不可避免地想起姜睿所说的话，他的内心被轻轻动摇了，一个小小的念头萦绕在张雨昂的脑海中：或许这里的生活只是一种假象。

不过他今天来这里也不是为了讨论这些，他问："程一勇到底是怎么回事？"

马镜清抬起头说："这也是我想对你说的。他最近的情绪可能会不太稳定，我知道你最近跟他走得比较近，那孩子之后或许需要你的帮助。你需要更耐心地对待他，一定要耐心，这也是集体治疗的重点。"

"你并没有回答我的问题。"

"我有我自己的判断,"马镜清说,"能告诉你的只有这么多。"

"你今天之所以答应见我们,不仅仅是因为程一勇吧?还有叶灿然。"

马镜清的表情没有任何变化,然后笑着回答:"你看起来很关心他们,这也说明你们建立起了联系。"

张雨昂不喜欢马镜清说话的语气。

"程一勇会因为今天的事接受之前进行过的治疗吗?"

"我们会做判断的。"

"我跟他相处的时间虽然不多,但我觉得他的状态正一天天好转。"

"作为医生,我也是这么判断的。"马镜清说。

张雨昂点点头,自己的任务完成了,然后他站起身来,一言不发地走向门口,马镜清却叫住了他。

"张雨昂,你的心理治疗分两个阶段,第一是控制自己的情绪,这一点你做得不错。第二,也就是你接下来必须要做的,是直面你内心深处的空洞和恐惧。"他的语气平淡,仿佛只是突然想起了这件事。

张雨昂回过头,说:"我没有什么恐惧的,医生,我现在理解了你之前的话,我只是被困在攀比和物欲里了。"

马镜清说:"我之前告诉你的,是引发你病情的表因,是为了让你更好地理解自己的状况。手机也好,外面的生活节奏也好,只是引发你躁狂的一部分原因。就像你说的,有人身处同样的环境,但并不是每个人都会患上躁狂症,因为填补空洞的方法不是只有一种。"

"你这是什么意思?"张雨昂回过头问。

"你会明白的。"马镜清说完,便低下头处理别的事了。

24

张雨昂怀着混乱的心情走向画室,他心里不由得升起一股疑虑,真的能把一切都归咎于环境吗?

他找不到答案,他原本以为自己已经找到了一切问题的源头,但现在看来似乎才刚刚开始。

马镜清说他暂时不能离开康乐家,因为一旦到了外头,病情就很可能复发。他敏感地察觉出马镜清所言不虚,可这么一来,到底怎么样才算是真正治愈呢?

他发觉治愈自己的病,远比他想象的更为复杂。

这时他忽然听到音乐室的方向传来一阵呕吐声。

张雨昂停下脚步，心想他应该不去理会，会有护士和安保人员处理这些事，可音乐室周围的安保人员和护士一直都很少，他自然不知道这是马镜清的安排。与此同时他心里也清楚，犯病的恐怕正是叶灿然，那里除了她没有别人。一旦有了这些念头，他也就不可能再置之不理了。张雨昂无奈地叹了口气，心里有些愤愤不平，他不过想要安静地画会儿画，这个要求很过分吗？

走向音乐室的路上，他遇上了小莫，两人对视一眼。有那么一瞬间，张雨昂想着可以回到画室，一切交给小莫就好，但这时候已经来不及停下了。

他们走到音乐室门口，小莫刚打开门，张雨昂眼前的一幕却让他下意识地后退了一步。

叶灿然整个人倒在椅子上，浑身抽搐，地上都是她吐出的胆汁。她的脸上毫无血色，因为呕吐带来的痛苦让她双眼含泪，神情凄苦不堪。她想要靠自己的力量坐起身来，却又无能为力，一次又一次地栽倒在椅子上，看起来像是完全失去了自我控制能力。

"叶灿然！"张雨昂喊了一声，然而她毫无回应。

他来不及思考，冲到叶灿然的身旁把她扶起，不知道接下来应该做什么，也不敢松手，因为一松手叶灿然势必会立刻跌落在地。她的身体依然在剧烈颤抖,却又显得瘫软无力,毫无好转的迹象,整个人因为胃的收缩而痛苦不堪,脸已经彻底扭曲了。接着她突然身体一颤,向前倒在桌子上,不停地干咳,似乎是又想要呕吐,却什么都吐不出来。

小莫拍着叶灿然的背,说:"我这就去叫医生来,你能撑住吗?"

没想到叶灿然却伸出颤抖的手拉住了小莫的衣袖,说:"不用……我一会儿就好了。"她的声音明明因为痛苦而不住颤抖,语气里却有一种让张雨昂和小莫都听得懂的坚定。

"你别这么逞强……"张雨昂话没说完,却意外看到了她毫无血色的右手食指和中指上的两圈刺眼的黑斑,这让他大吃一惊,头皮发麻,想说的话也说不出口了。

叶灿然似乎是注意到了张雨昂的语气变化,迅速把手缩了回去,双手埋在两膝之间,用力交叉在一起,竭力抑制浑身的颤抖。她紧闭着眼睛,用力咬着自己的嘴唇,张雨昂觉得她随时都有可能会晕过去,只好用双手拖住她的身体。时间不知道过去了多久,叶灿然终于不再干咳,身体也不那么颤抖,那股折磨着她的痛苦,终于稍稍退去。

小莫接了杯水，递给叶灿然，轻声问："好点了吗？"

"好多了，谢谢你们。"叶灿然低声说，显得软弱无力。说完她慢慢支起身，重重深呼吸，调整着自己的状态。待她呼吸顺畅了些，又看向了自己的双手，那模样像在确认双手的重量。

然后她从口袋里摸出竖笛，吹奏起那首曲子。

张雨昂发觉自己被牢牢地吸引住了，双眼一直紧紧地注视着叶灿然，心头不由得感到诧异。就在刚才，她明明还很虚弱，无法控制住自己。现在看来却充满了力量，仿佛在这首不知道名字的曲子里倾注了她的所有力量。只是叶灿然没能把整首曲子吹奏完整，她试了几次，似乎是忘记了指法，也似乎是支撑她的力量突然间消失无踪。她停了下来，闭了一会儿眼睛，有一个瞬间张雨昂觉得她的思绪飞到了别的地方。

他看了眼窗外的天空，有些阴沉。

"这首曲子是何韵诺写的。"叶灿然像是为了平复心情般深呼吸了一下，双手抹了抹眼睛，"那是她来到这里接触到音乐治疗后，为自己，也为别人写的，在她第一次离开这里的时候就写完了。到了外面，她用电脑把这首曲子录了下来，交给了马镜清。我想那时候的她，应该没有想到自己竟然会……"

她说不下去了。

张雨昂想到自己听到的沉重的音符，或许在录这首歌的时候，何韵诺自己并没有彻底摆脱抑郁的情绪吧。

"但我一听就知道这首曲子不对劲。"叶灿然拿起了竖笛，"虽然是用钢琴弹奏的，也进行了编曲上的重新设计，但感觉不一样了，反倒不如她用竖笛吹奏的时候具备生命力。我不知道该怎么描述，就好像一个人往往在最开始一无所有的时候最具生命力，可到后来他可能什么都拥有了，眼神里却再也没有当初的神采了。"

"是因为后半段里的音符，"张雨昂突兀地说，"不那么连贯了。"

叶灿然惊讶地抬起头，注视着张雨昂。

张雨昂舔了舔嘴唇，赶忙说："我不是有意打断你，只是前段时间反复地听这首曲子，怎么说呢，我本来是对音乐一窍不通的人，但莫名地被吸引住了。"

"我以前学习过音乐治疗，"小莫突然说，"其实我也听出这首曲子的后半段有一些稍显突兀的重音，但从另一个角度来说，从这里也能感受到演奏者的力量。当然我不是什么专业人士，不过我相信，我认识的那些老师也会同意我的看法的。"

叶灿然只是默默地摇了摇头，又沉默了一会儿，才开口："刚才的事，吓到你们了吧。"

小莫愣了一下,说:"没有的事,不过,你的身体状态真的可以了吗?"

叶灿然点点头,回答道:"每当我无法控制住自己的情绪,就会呕吐。我已经习惯了,现在感觉也好多了。"

"我还是去给你找点药吧。"小莫说,"放心,我不会告诉医生的。我知道你有你的理由。"

叶灿然怔了一下,点了点头。

接下来的时间,她像是眺望着远方的风景一般看着窗外,一直没有开口说话。张雨昂也没有离开,觉得最好还是等小莫回来。他倒了杯热水,递给了叶灿然,想起下午与马镜清的对话,打破了沉默:"马镜清没有直接告诉我程一勇的情况,不过他提到了程一勇最近情绪可能会不太稳定,今天的事他会亲自处理的。"

叶灿然的双手抱住杯子,感受着杯身的温度,轻轻点了点头,说:"我不是有意先离开的。"她的声音小得几乎听不见。

张雨昂看着一直低头看地面的叶灿然,轻咳了一声,想寻找一些别的话题,但一时间不知道应该说什么。

两人又沉默了一会儿。

门外突然传来一阵脚步声,张雨昂本以为是小莫回来了,抬头一看才发现出现在门口的居然是马镜清。

叶灿然也抬起头,看了一会儿马镜清。张雨昂觉得从叶灿然的眼神里看到了愤怒,但她什么都没说,过了一会儿才开口,眼神里已读不出任何情感。

她的声音无力又沙哑:"院长,看来我还是没有办法离开这里。"

"之前的一段时间里,你已经很久没有犯病了。"马镜清说,"按照我们的诊断,其实你早已基本恢复了。"说到这儿他顿了顿。"我要跟你说实话,其实今天让你听到我与你丈夫的对话,是我的安排。我想让你知道,你丈夫已经开始了新生活,至少你可以在这段关系中放过自己。但我得承认,你丈夫的言论出乎了我的意料。"

张雨昂皱起眉,试图理解马镜清所说的话。

"你不可能永远逃避你的丈夫。"马镜清接着说,"你来到康乐家,本就不是他的错,当然,也不是你的错,你应该开诚布公地把你的所有想法,包括你的所有顾虑、所有打算都告诉他,这才是你真正应该做的事。"

叶灿然接连摇了几次头,再开口时语气有些激动:"院长,没用的,我比谁都了解他。他这个人脑子一根筋,会把一切都扛在自己身上。他的人生是他的,不应该背负着我的痛苦,我不愿看到这样的事情发生。"

马镜清看着叶灿然,又轻轻摇了摇头,说:"如果你没有准备好，我也不会强迫你去面对他。不过我相信你有重新开始生活的能力，可以应对外面的世界。还有，这句话我之前也对你说过，你是一个成年人，你不应该继续活在家人的阴影里，应该学会接受自己，这才是一切问题的根源。"

叶灿然无力地笑了笑，什么也没说。

马镜清沉默了一会儿，似乎在考虑是否应该把接下来的话说出口。张雨昂可以看出他的心理变化，因为他的眼神不再锐利，再开口时也不再是医生对待病人的语气，反倒变得柔和，听来更像是在安慰："何韵诺的事，我想还是应该跟你说一句抱歉，我知道你们的关系很亲密。虽然这不是一个医生应该说的话，但她回来得太晚了，我们做了一切能做的事。"

叶灿然怔住了，浑身缩了一下，双眼开始变得模糊。马镜清没再说一句话，转身离开了音乐室。

留在原地的张雨昂觉得自己必须说些什么，可他搜肠刮肚也想不出什么漂亮话，只好干咳几声，想着谈论那首曲子可能会让叶灿然稍稍打起精神，可刚说几句又发现自己对那首曲子的了解也只有那么多，说不出什么新东西。于是又谈论起天气来，说这几天的天气很好，他以前从没有见过这么低这么蓝的天空。可这话题又到此为止，叶灿然依然没有任何回应，张雨昂也不知道还能再说什么了。

他觉得空气中弥漫着尴尬，自己也觉得有些别扭，想着要不先离开算了，但心里头还是有些担忧。左思右想，还是只能从那首曲子说起，正当他清了清嗓准备再开口时，叶灿然抬起头说了一句话。

"谢谢你。"

张雨昂不禁愣了一下，"谢谢你"这三个字，突然间打动了他的心，竟一时间不知所措。他不是没有在外面的世界里听到过，不过通常情况下那些人说出这三个字的时候，不带任何感情，不过例行公事而已。他突然意识到，这不是叶灿然第一次说谢谢，上一次她也替程一勇表示了感谢，但那时是因为他帮助了程一勇画画，这一次，他帮到了叶灿然什么呢？

刚才那些奇怪的话，安慰到叶灿然了吗？他从来都不知道要怎么真诚地安慰别人，也从来没有想过。在外面的世界里，他从不曾直面别人的脆弱，大多数人都生活在自己的壳里。更确切地说，他看到的都是别人的落魄，落魄的背后到底发生了什么，他从来不在意。

想到这里张雨昂有些不知所措，但又有一种说不上来的安心和释然，自己刚才胡乱说的话，也算是有些作用吧。

"你现在还想着要离开这里吗？"叶灿然忽然问，"我记得你刚来没几天,就因为想要逃走被关了起来。"

张雨昂摇头说:"老实说,我也不知道。那时我只觉得一切都难以忍受,现在不那么想了。"

他把自己最近的所思所想和那个梦说出了口,之后愣了一下,他搞不懂自己为什么会对叶灿然说起这些。跟与姜睿的那次谈话不同,现在没有人问他到底是为什么来到康乐家的,这些话是自己浮现在他嘴边的,但一旦开口,他发现想说的远比自己想象的更多。

叶灿然一直静静地听着,直到听完还沉默了很久,之后才开口,说:"有段时间我也经常做噩梦,那是我刚来到北京的时候。有一次我在梦里,坐在一辆出租车上。可没多久车就熄火了,再一抬头连司机都不见了。有人在车外,拼命地想要打开车门,我下意识死死护住车门,也不知道为什么那时候我不敢下车。还有一次,我梦到自己走在上班的路上,刚走到十字路口,却突然发现身后有人一直在追我。追我的人,居然是我的家人。那段时间我一直都很疑惑,为什么会被这些奇怪的梦境折磨。现在想想,这都是因为我自以为走出童年,成了大人,就能够开始新的生活,却忘了以前发生的事不可能就此一笔勾销。"

张雨昂觉得喉咙干涩,下意识想要喝水,于是舔了舔自己的嘴唇。

"马镜清刚才说,你不能活在家人的阴影里,那到底是怎么一回事?"

叶灿然脸上露出的是不愿再提的苦涩笑容。

张雨昂也没再问下去,只是任时间静静地流淌,直到小莫再次回到音乐室。

他向叶灿然告别,走出音乐室。

这时太阳西斜,阳光变得温和了些,难得没有刮风,不过因为他身处山间,并不觉得空气沉闷。无论是树木还是草坪都静止不动,种植区的病人也懒洋洋的。见此情景,张雨昂心里原本有一个即将成形的念头,在这一瞬间就突然不知所终了,就像脑海里一直想做的一件事突然间被打断了,再怎么回想也无济于事,只有不成形的气团回荡在虚无中。

25

接下来的两天张雨昂都没有见到程一勇,他没有出现在活动中心,也不在画室。吃饭时间,张雨昂也没有在食堂看到他,就连小莫也不知道他在哪里。张雨昂猜想他或许在音乐室,但由于是非周末时间,他的时间被严格规划,没有机会过去看看,也没有机会找叶灿然。他还是能在活动中心看到姜睿，但一时间不知道应该跟他说什么。

这两天他的绘画都毫无进展，对着空白的画纸根本不知道应该画什么。

心里所想的风景无法落笔在纸上，他看向双手，一时搞不懂是为什么。

周三上午，当他走进活动中心时，却意外地发现这里被大闹了一场，桌椅被摔在了地上，病人们乱作一团，安保人员正试图恢复秩序。一个护士正低声跟身边的人抱怨。"刚从马镜清的诊断室里出来就搞这么一出。"她是这么说的。

张雨昂不知道她所说的人是谁，也不感兴趣。

这时一个恶狠狠的声音却突然在背后响起："很快就轮到你了，小子。"

他转过身，正对上刘老板的脸庞，顿时心生厌恶，左手警惕地握紧了拳。"你这话是什么意思？"

刘老板耸耸肩，嘴角上扬，轻蔑地说："你还不知道康乐家的手段吧，光是想想就觉得可怕。"

谁？他说的手段又是什么？张雨昂一头雾水。

"谁让那小鬼非吵着闹着要出去呢？怎么劝都不听，还大吵大闹，把活动中心搅得不得安生。"刘老板接着说，"还是我帮忙把他按住的呢。"

是程一勇，张雨昂的脸色阴沉起来。

这时刘老板的余光似乎看到了什么人，吸了吸鼻子，就像是闻到了某种难闻的气味，面露鄙夷地说："你今天不会又吐在自己身上了吧？"

张雨昂回过头，一眼看到了面无人色的叶灿然，衣服上有吐过的痕迹，看起来魂不守舍，甚至都没有注意到刘老板的嘲讽。

一股怒火蹿向张雨昂的太阳穴，他扬起手，想要冲刘老板打一拳，就像他之前做的那样，却被赶来的小莫拦住了。

"张先生，别惹事。"她摇着头说。

张雨昂这才稍稍冷静下来，环顾四周，安保人员正警惕地盯着自己。

"真晦气。"刘老板在他们身旁的地上啐了口唾沫，挑衅般地撞了撞张雨昂的肩，走向了活动中心的另一个角落。

"刘国庆的话是什么意思？康乐家的手段到底是什么？"张雨

昂急忙问。

"不是什么手段,只是常规的物理治疗……"小莫说话吞吞吐吐,欲言又止。

张雨昂满腹狐疑,现在他已经搞清楚事情的来龙去脉,在活动中心大闹一场的是程一勇,现在他大概率是被带去治疗了。然而他不明白的是,为什么程一勇的治疗让小莫如此讳莫如深,又为什么会让叶灿然变得如此紧张。按刘老板所说的,就像治疗是某种惩罚措施一样。还有,马镜清明明说过程一勇的情况在好转,可为什么只是短短几天,他就又大吵大闹了一场?

他必须搞清楚,于是他再次问叶灿然:"到底是什么意思?程一勇现在到底在哪里?"

叶灿然浑身颤抖,右手握紧了拳,看了张雨昂一眼,眼神里写满了无助。过了一会儿她突然站起身,看来像是突然想到了什么,头也不回地走出了活动中心。张雨昂看着她前去的方向,意识到她是要去院长办公室,便跟了出去。

这时却又是小莫拦住了他们,说:"马院长今天不在康乐家,他有事出去了,要过几天才会回来。"

叶灿然的步伐僵住了,她僵硬了好一会儿,才深吸一口气,转向了另一个方向。张雨昂只犹豫了片刻,就跟了上去。

然而小莫再次挡在了叶灿然身前，说："我知道你要去哪里，也知道你很担心小勇，但你也知道，如果不被允许，我们是不能靠近那个地方的。那里有严格的安保程序，随意靠近只会对你的处境不利。"

张雨昂皱起眉头，沿着叶灿然前进的方向看过去，只看到一条狭长的水泥路，道路尽头隐隐可以看见高墙，高墙下是一幢两层建筑。张雨昂从未去过那里，甚至没有靠近过，事实上他的活动范围局限于康乐家的东边，也就是活动中心、病房和集体活动室之间。他一直没有意识到有什么不对劲，这会儿倒开始疑惑，为什么所有的基础设施都集中在康乐家的东边呢？在西边的尽头，那幢两层建筑里到底有什么？这又跟程一勇有什么关系？

叶灿然一直看着小莫，小莫看起来没有任何要退让的打算。她颓然地低下头，那股决心似乎突然间消失得无影无踪，掉转方向，无能为力地跟着小莫回到活动中心里坐下。

"康乐家的西边到底有什么？"张雨昂问。

小莫愣了一下，接着回答："我也不是很清楚，我们也不会靠近那里。"

"那为什么程一勇会在那里接受治疗？"

"小勇……他的治疗需要用到里面的设备。"

张雨昂又向康乐家的西边看过去,现在已经看不到那幢两层建筑了,他心里的疑惑还是没有得到解答。他明白小莫是在闪烁其词,接下来问什么都得不到答案。他看向叶灿然,她的状态看起来没有任何好转,想必上次的事件对她影响很大,这次又发生了程一勇的事,她的精神一直都在超负荷运转。他想到自己刚才的态度只会让叶灿然受到更大的刺激,盯着她看了一会儿,好不容易说了一句:"别太担心程一勇,他之前不是一直接受治疗吗?我想他这次也会没事的。等他出来之后,我们再问问他最近到底发生了什么。"

"是啊,放心吧,明天你们肯定就能见到他了。"小莫笃定地说。

叶灿然这才勉为其难地点了点头。

他们又说了一会儿话,一直都是小莫在说,叶灿然有一搭没一搭地回应着。张雨昂有些心烦意乱,程一勇接受的治疗绝对不是什么常规治疗,是程一勇的情况跟所有人都不同,还是康乐家藏着自己不了解的一面?他又想到了自己,想到自己来到康乐家的这些日子,他曾以为自己找到了答案,但现在却隐隐觉得并非如此。叶灿然说她的梦与家人有关,难道自己的梦也一样吗?不,不对,梦里的那个人虽然面目不清,但绝不会是自己的家人。

过了十几分钟,小莫突然停下话头,像是说完了所有安慰的话，三人沉默了一会儿。

张雨昂突然想起了什么，开口问小莫："对了，你今天怎么会出现在活动中心？"

"本来是想看看小勇的。"她答道。她又在衣服的口袋里摸索出一个信封来，接着问："还因为这个，这封信为什么会在你那里？"

张雨昂歪起头打量那封皱巴巴的信，说："我在阅览室找到的，就随手把它卷进了画纸。"

"你没看过这封信吗？"

"没有。"他摇了摇头。

小莫点点头，没再问什么，却转向叶灿然，脸上露出安慰的笑容，把信交到她手中。叶灿然看着信封满脸疑惑，她看了看张雨昂，张雨昂更是毫无头绪。

"这是何韵诺写给你的。"小莫说。

何韵诺？张雨昂吃了一惊，差点没忍住喊出声来。

此刻的叶灿然看起来已经听不到外界的任何声音了，从她听到何韵诺的名字开始，浑身上下的血液就像是在刹那间停止了流动。然后她独自走回了音乐室，张雨昂这一次没有跟着她，一来安保人员不会允许自己随意走动，二来他也觉得叶灿然需要一段独处的时间。

这天下午，张雨昂走进画室，程一勇自然没有出现，他也依旧没能画出什么。

时间又变得漫长起来。

这天夜晚，他在床上翻来覆去一个多小时，才总算迎来了蒙蒙眬眬的睡意。

26

第二天一早，张雨昂早早起床，没有在食堂见到叶灿然，走去活动中心的路上也没有听到熟悉的音乐声。他走到活动中心，依然没能见到程一勇的身影。他有些失落，随即又问自己，从什么时候起开始期待着每天能见到他们了呢？他摇摇头，无法告诉自己答案。

过了一会儿，那位老人熟悉的身影出现在活动中心的门口，他看到了张雨昂，走了过来。

"我知道你在担心那个孩子。"他说。

张雨昂没有承认，但也没有否认。

老人接着说："我想你今天应该见不到他了，他的治疗还没有结束。对了,早些时候,我看到那个叫叶灿然的女孩路过了活动中心,一路向西走了。"

向西走?难道她是要去治疗室吗?张雨昂刚站起身,老人随即开口。

"那个地方还是别靠近比较好。"他说,"如果那孩子还没从那里出来,说明他的情况还是很严重。你也不用担心那女孩,她不可能接近那里的,现在应该已经被安保人员给劝回来了。"

"我不明白,"张雨昂疑惑地问,"如果是需要诊室治疗的话,马镜清所在的办公大楼里不就有吗,为什么程一勇要去那么远的地方?"

老人沉默了一会儿,说:"去那个地方接受治疗的,都是一些危险系数极大,或者是难以控制的病人。那里也收容了一些重症病人。你在活动中心里能见到的,大多是轻症患者,这也是为什么我们能够相对自由地活动。"

张雨昂觉得胸口有一股无法消化的气团,他的表情扭曲了,程一勇难道是什么危险的病人吗?

不对,尽管相处的时间不算很久,但他相信程一勇绝不是什么危险人物。

他一面想着这些,一面不自觉地离开了老人,等他回过神来,已经走到了活动中心外头。他看着眼前的景象,才意识到自己到了昨天叶灿然走到的地方，面前出现的，正是那条狭长的水泥路。

这会儿他打起了退堂鼓，他知道自己一旦走出活动中心的范围太远，就会被立刻拦住。

"哟呵，这不是张老板吗？"一个再熟悉不过的声音响起。

又是他！张雨昂闭上眼深呼吸，控制住自己的情绪，回过头露出一个皮笑肉不笑的笑容："刘老板，这一次你想要做什么？"

"我要做什么？"刘老板哈哈笑道，"我看应该是问问你要干什么吧。昨天你跟那个总是吐在自己身上的女人就一直鬼鬼祟祟的，你们是在密谋着什么吧？密谋离开康乐家？怎么，还没死了那条心，像你这样的人，就算出去了又能做什么。"

"跟你没关系。"张雨昂冷冷地说。

"张先生，看来你还是不安分啊。"陈美芸的声音从身后传来。

张雨昂无声地叹了口气，真是屋漏偏逢连夜雨，他定定神，回过头看着陈美芸手里晃着的针管，强装镇定："怎么，我说过我要走吗，你又要随便给我来一针？"

陈美芸却呵呵笑了，张雨昂丈二和尚摸不着头脑，只见她收起针管，说："我知道你想要做什么，走，我带你去看他。"

张雨昂一愣，心想她绝不会这么好心。

"放心，那个叫叶灿然的病人已经进去了，"她说，"你们不是总一起行动吗？这次怎么不一起了？"

张雨昂心一横，心想现在也顾不得猜测陈美芸的想法了，是福不是祸，是祸躲不过，便跟着陈美芸走向那个二层建筑。不知道为什么，明明那是一幢崭新的建筑，可在张雨昂看来却弥漫着一种中世纪城堡般的阴森感觉，还没走近，就传来了一阵瘆人的笑声。等他走到门口，空气里满是刺鼻的消毒水味。但他不能退缩，也没法退缩，硬着头皮走了进去，一路走到走廊尽头，转了个弯，跟着陈美芸来到程一勇所在的治疗室。

治疗室里有许多奇怪的仪器和设备，张雨昂一眼就看到了躺在病床上的程一勇。他仰卧在病床上，左手臂上插着针管，右手无力地低垂在一旁，胳膊上的红印大概是绳子勒紧后遗留的。他的头发显得凌乱不堪，双眼痴痴地盯着天花板，嘴里流出了一些唾沫，嘴唇却是干燥的。眼神也黯淡无光，看不出有任何情感，更确切地说，是没有任何可以称之为生命力的存在，就连他的呼吸也变得难以捕捉了。

张雨昂心里一沉，眼前的小男孩看起来虽然还活着，可又不像活着，就像是一个人的躯体还在活动，可他的灵魂已经飞去了远方。

然后张雨昂才看到了坐在病床旁边地板上的叶灿然,她弓着背,紧闭着双眼,依然面无血色,脑袋无力地垂着。

他赶紧走到叶灿然的身旁,把她扶到座椅上,问她怎么了,然而叶灿然似乎无力开口,只是费力地抬起头看着张雨昂,眼睛里满是痛苦。张雨昂从头到脚战栗了一下,他无法理解眼前发生的事,下意识咽了口唾沫,但回声大得出奇。接着他感觉到双腿打战,一屁股坐了下来。

治疗室里没有窗户,阳光也没法透过墙壁,白炽灯却亮得晃眼。张雨昂看向自己的手臂,竟也是一片惨白。他突然觉得很冷,打了个冷战,抬头看了看空调的位置,空调并没有开。

这时陈美芸走了过来,她身后跟着一位医生。

"你怎么又让一个病人进来了,"医生说,"这会影响我们的工作的。"

陈美芸耸了耸肩,说:"程一勇还得在这里待上一段时间,让他们了解实情也是为了康乐家着想。昨天他们还在康乐家四处寻找程一勇,这严重影响到了其他病人,我已经收到好几个投诉了。"

"那也没必要让他们进来,这不是反而刺激到他们了吗?"医生提了一嘴,不过没有继续说陈美芸的不是,而是看了一会儿仪器上的数字,接着对张雨昂说:"你也是来看程一勇的吧,放心,他很快就会醒来的。"

醒来?他现在难道不是醒着吗?医生的措辞让张雨昂不寒而栗。

像是为了解答张雨昂的疑惑,医生补充道:"你现在看到的一切都是正常现象,这都是电休克治疗所带来的并发症,你们还是别在这里等了,回去吧。"

张雨昂听到"电休克"三个字的时候瞬间无法动弹,心脏似乎也跟着一下子停止了跳动。他想起来了,他曾经在各个网站上都见到过这三个字,那是某位医生所使用的治疗方法,遭受"治疗"的孩子们各个都承受着剧烈的痛苦,而那位医生竟然把这当成自己的丰功伟绩。

眼前的一切瞬间变得模糊,张雨昂觉得自己仿佛不小心走到了地狱的门口,这里的重力跟地球的截然不同,在这里,痛苦的人压根儿没法逃离。他无法控制自己的呼吸,双手冰冷得就像掉进了冰窟,胸口也透不过气来。医生似乎还在说着什么,可他的声音遥远得就像来自另一个星球似的。

下一秒他回到了现实中，可视线里的画面竟布满了一丝丝不和谐的裂痕。

"还有，需要注意的是，ECT（电休克治疗）会引起短暂的退行性记忆缺损和抽搐，发作之后 30 分钟内的记忆丧失，他醒来后可能会暂时认不出你们。"这时医生的话才传到张雨昂的耳中。

张雨昂怀疑自己听错了，他浑身一震，猛地站起，声音跟着激动起来："这就是你们所谓的治疗？"

医生倒是心平气和地解释道："你们毕竟不是专业人士，有这样的想法也不足为奇。电休克治疗是受到国际广泛认可的，对精神分裂患者而言也起效最快。你们所看到的，不过是一些微不足道的副作用罢了。只要处理得当，这种副作用很快就会消失，并不会持续终生。"

微不足道的副作用？张雨昂怒吼起来："程一勇本来就很正常！他已经很久没有犯病了！你们没有权力这么做！"

"我是医生，你们不会比我更清楚他的情况。他这次的病情比以往都要严重，脑海里出现了各种幻觉，普通的药物治疗已经不够了，我只是在尽我的责任而已。再者，我这么做也征得了他家人的同意。"医生不紧不慢地说。

"跟他们解释这么多也没用。"陈美芸说。

"好了，你们知道程一勇现在的状况了，快离开这里吧。"医生说完就跟着陈美芸走了出去，看起来像是有别的事要忙。

张雨昂看着医生和陈美芸走远，勉强定了定神，回到叶灿然的身边，问："程一勇一直接受的，就是这样的治疗吗？"

叶灿然双眼通红，依然垂着头，无力地说："我也是第一次看到他接受治疗的样子……小勇以前一周最多只接受一次治疗，那的确对他有好处，他的状态好转了很多，后来他接受治疗的频率就降低了。以前他接受治疗后，不久就会重新回到活动中心，可今天早上我没有看到他，就意识到了不对劲。他根本就没有离开这里，根本就没有，连续两天他都接受了……"

说到这里叶灿然说不下去，浑身颤抖，她的右手握紧了拳，指甲掐进了自己的掌心，再开口时声音里满是自责："我什么都做不到，什么也阻止不了。"

张雨昂舔了舔干涩的嘴唇，坐到叶灿然的身边，两人没再说话，语言在这种场合没有任何意义。

过了一会儿程一勇醒了过来，他一时间想不起来发生了什么，也不知道坐在他身边的两个人是谁。他的头昏昏沉沉，意识也是混沌一片，脑海深处好像有一些重要的事情，正逐渐被掩埋。他觉得手臂很疼，看向了右手的位置，几个红色的血印异常清晰，他有些疑惑，不知道为什么会有这样的伤口。张雨昂以为这痕迹来源于绳子的束缚，但事实并非如此，这也不是与安保人员的搏斗造成的，而是来自医生和身旁的几个护士。因为在程一勇失去意识之前，他曾止不住地反抗，止不住地抽搐，是他们牢牢按着他。疼痛，突然他条件反射似的记起了那些疼痛，那是一种难以用语言形容的疼痛，像是有无数根针筒在你身上不停地滚来滚去，每滚一次，都扎进你的肌肤。

他模糊地记起了自己为什么会来到这里，是因为犯了病，是因为犯了错，是因为他想要逃离。他之所以记得这些，是因为在他失去意识之前，陈美芸反复在他耳边说着这些。他明白了，他不应该犯病，他不应该想要离开这里。

但除此以外的事情，无论他怎么努力，也想不起来，就像一辆没有汽油的车，把油门踩到了底也没有用。

时间一分一秒地流逝，他对疼痛的记忆逐渐模糊，但想起了另一些事，他终于想起身边那两个喊着自己名字的人是谁了。

他想起了那两个名字。
于是他静静地看着那两个人，平静地问道："你们怎么来了？"

27

生活永远不可能像我们想象的那么好。

即便我们逃离了让我们窒息的生活环境,即使我们认为自己可以重新开始,可以不再烦恼,然而总会发生那么一两件事,让我们觉得似乎一切都没有改变。就好像旅途刚开始时我们觉得无比轻松,感觉一切都可以重新归零,然而在这之后的一天夜晚,我们会莫名失去睡眠,然后会发觉,糟糕的事依然存在,除非能找到应对它的方式,否则平静就只是一个假象,是没有根基的空中楼阁。

这天上午余下的时间里,张雨昂始终都无法平静。程一勇接受电休克治疗后的画面刻在了他的脑海里,怎么也挥散不去。他听着周围人的讨论,大致了解了程一勇昨天是如何在活动中心又大闹了一场,又是怎么打伤了一位年轻的护工,但没有人知道为什么,似乎也没有人想知道为什么。他试图说服自己,他不能因为不信任陈美芸就质疑医生的专业性,医生所做的一切都是为了控制程一勇的病情,那位医生看起来经验丰富,态度温和,想必治疗不会出什么问题,毕竟不是每位医生都像自己曾经在网络上看到的那个医生一样。

很快，他就能见到之前那个程一勇，一切都会恢复如初。

不知不觉他走到了教室的门口，呆呆地伫立在那儿。

老人挥了挥手，跟安保人员说了几句，随后让张雨昂就近坐下，一脸平静地问："你怎么看起来这么心神不宁？"

张雨昂摇了摇头，顿了顿，问："你们知道康乐家里存在着电击治疗吗？"

"我知道你为什么这么问，那孩子患的是精神分裂，是妄想症，并且他还拒绝配合治疗，"老人微笑着，冷静地说道，"如果是别人被无故电击，比如说你，那我们当然不会容忍这样的事。"

张雨昂听到了自己想要听的话，却下意识地做出了反驳："我跟程一勇接触过一段时间，他知道什么是现实，什么不是，知道什么是好，什么是不好。我不明白，难道我们就没有想过身边可以有个朋友一直陪着自己吗，这种程度就要遭受电击治疗吗？如果说是因为他突然犯病了，突然失控了，也应该先问清楚原因再做判断，可没有人知道他到底是怎么了。我见到了程一勇被电击之后的模样，不仅什么都不记得了，人也像变成了没有灵魂的躯壳，那模样跟死了没有什么区别……"

"孩子，你还年轻，第一次看到这些，产生了错误的判断也不足为奇。我们都知道电流会导致短期失忆，但不久后他就会想起来的。真正重要的是电流刺激可以促使他的大脑分泌某种化学物质,让他很快平静下来,让他不再暴躁,让他知道自己为什么会来到这里。"

"不,你没明白,即使电击真的是一种治疗方式,即便真的都是为了他好,也不能连续两天都让那孩子承受电击。"张雨昂依然在反驳,"他们根本没有按照流程进行治疗。"

"我相信医生一定有他的理由,有许多人都是在这里被治愈的,这证明这里的治疗确实有效,我自己也是。相信我的经验,没有人比我更了解康乐家,这一切都是合理的,这一切也都是正确的。"

张雨昂一下子噎住了,于是什么话也说不出来了。

"跟我们聊聊别的事吧,过一会儿你才需要去画室,你可以先待在这里。你现在的心情需要安定下来,不要因为别人影响了自己的治疗。"老人接着说,人群中有人给他让了个位置。

张雨昂的心突然被这句话刺痛了一下,整个人僵在了原地,几分钟后他才回过神来,转身走出了教室,可无处可去,只好又走回活动中心。那群人见状愣了一下,看起来有些意外,但很快就恢复了彼此间的日常交谈,似乎觉得张雨昂只是想太多了。

张雨昂心不在焉地看着活动中心里的病人们,看痴痴地散着步的人,看对着后山发呆的人,看刘老板哈哈大笑,看那一小群守着电视的病人,他们眼神空洞地看着电视机,可电视机明明只有到了下午才会打开。

眼前的景象到底代表什么呢？他的大脑一片混乱。

"这下子，你该老实些了吧。"刘老板走了过来，他把一切都看在眼里。

"滚开。"这次张雨昂的声音有些无力。

刘老板饶有兴致地看了张雨昂一会儿，开口是嘲讽的语气："没想到你们三人小团体之间的感情还挺深厚的嘛。"

张雨昂心里顿时又燃起了一股熟悉的愤怒，他怒目而视，好不容易才忍住了发作的冲动。

吃完午饭，他迫不及待地走到画室，找到小莫。

"到底是怎么回事？"张雨昂问，"昨天你不是说程一勇很快就能出来吗？可为什么今天他又接受了一次治疗？"

小莫看起来像是吃了一惊："今天也接受治疗了？"

"你不知道吗？昨天他根本就没从治疗室出来。我亲眼见到了。"

小莫依然满脸疑惑，不住地摇头，似乎觉得张雨昂所说的难以置信。

"我以前学过，电休克治疗的基础是通过电流刺激大脑的特定脑区，产生某种化学物质，使人迅速摆脱负罪感、抑郁或者是暴躁，对于突然失控的精神分裂患者也很有效。"她皱起了眉，喃喃自语道，"程一勇昨天已经接受了治疗，今天是不可能再失控的，可又为什么……"

小莫的脸色沉了下去。

"我会去联系院长的，问清楚到底发生了什么。"她说，"张先生，你先坐下画会儿画吧，现在你也做不了什么，等院长回复了再说。"

张雨昂突然想起了老人的话，"不要因为别人影响了自己的治疗"，便没再说什么，坐了下来，拿起画笔，可落在纸上的每个线条都显得格外生涩。

自己本不该感觉到这么混乱的，他想。

他原本在康乐家找到了答案，因为远离了外面的喧嚣和攀比，他不会再感受到压力。事务所的老板也好，龚烨也罢，现在他们都影响不到自己。至于所谓的物欲，在这里更是无从谈起。

他曾无比相信，这就是让他不再暴躁，得以平静的原因。

现在那些让他觉得平静的要素依然存在，可为什么自己却这么混乱呢？

或许这只是因为自己亲眼见到了"治疗"的真相，张雨昂只得这么告诉自己，大概是因为那种景象深深地刺激了他。

不一会儿，小莫回到画室，走到张雨昂的身边，语气含糊地说:"院长……他似乎也不知道为什么程一勇会连续两天接受治疗,但他明天下午就会赶回来,处理一切。"

"那就好。"张雨昂回答,这句话也是说给自己听的。

但不知道为什么,他还是隐隐觉得不安。

他用力摇了摇头,试图摒除自己的杂念,可再也画不出任何东西,他只是不停地在画纸上画着杂乱的线条,又一遍遍地擦掉。他只好把之前废弃的画纸找了出来,开始临摹自己的画,这是唯一能让时间顺利运转的方式。除此以外,他什么都做不到。

不知不觉音乐声再次响起,晚饭时间到了,他跟随所有人站了起来,走向食堂。

28

第二天是周四,张雨昂吃完早饭正打算前往活动中心,刚走到一半,康乐家的广播就响了起来。

"所有人到剧院集合,重复一遍,所有人。"

没多久,剧院便坐满了病人,张雨昂左顾右盼,却依然没能看到程一勇。

一位中年男子站在剧院前方的舞台上，显然不是来做什么表演的，此刻他正在进行一番自我介绍，大概是为了显示自己的地位，翻来覆去说了好几个头衔。

张雨昂一个字都没听进去，他压根儿不在乎这些。

紧接着中年男子由康乐家的宗旨开始，说自己来到这里都是为了大家着想，喋喋不休了一个小时，最终才说出了这次谈话的真正目的：增加安保人员，减少病人的自由时间，建立互相举报机制，非必要不得自由走动。

剧院顿时一片哗然。

中年男子不为所动，示意所有人先安静。

"我们这么做是有原因的，这些制度也只是暂时的，"他说，"只要大家遵守新的规章制度，不再出现扰乱康乐家秩序的行为，很快大家的生活就会跟以前一样。"

说完他把陈美芸叫到身旁，说："你们应该跟陈美芸护士长很熟悉了，她会负责监督。"

陈美芸向中年男子微微鞠了一躬，接着清了清嗓，说道："关于举报机制，我来补充一下，如果举报的情况属实，你们就可以为自己多赢得一小时的自由时间。至于那些违反规定的人，我会根据新的规章制度，亲自做出惩罚。"

她说话时分明就是看着张雨昂和叶灿然，眼神锐利到可以穿过他们的身体。

"张先生，请你站起来，"男子突然指着张雨昂，说，"刚才我说的话你听明白了吗？"

"很明白，我可以坐下吗？"

"别着急，先听我说完。我不知道你对康乐家的治疗方式有什么意见，但我们所做的一切，都是为了治愈大家的心理疾病。如果一直以来所有人都对康乐家的治疗和制度没有意见，那足以证明我们是正确的。张先生，你来到这里之前，也在一家有名的事务所工作过，你应该比这里的很多病人都更理解服从管理的必要性，明白集体的利益有多重要。如果你不服从管理，你就是危险的，危险的意思，你总该明白吧？"他露出了灿烂又古怪的笑容。

张雨昂哑口无言，他不是不想反驳，也不是害怕安保人员或这位男子，而是反驳的话都被笼罩在康乐家其他病人的目光所编织的网中。刘老板那群人厌恶地看着他，老人和他周围的那群人也都紧紧皱着眉头。那些他从未接触过的病人，那些看起来或疯疯癫癫或正常的人，也都投来了异样的目光。他们眼神里的东西张雨昂读不懂，但所有人的眼神会聚在一起，让他感受到了空气里有一种令人不安的压力。

男人看起来很是满意，又对众人说了几句，之后带着工作人员离开了剧院。

病人们也在护士的指引下，一一离开了剧院，回到了活动中心。

陈美芸走了过来，慢条斯理地说："张先生，请你不要再质疑我们的任何决定。"

说完她不等张雨昂回答便离开了，剩下为数不多的病人自动疏远了张雨昂，没有人愿意坐在他的身边。

老人是唯一还愿意靠近他的人，他语重心长地说："我不知道你跟陈护士他们之间的渊源，或许是因为你之前对那孩子的治疗有异议。但那孩子接受的治疗是正确的，你在康乐家的生活也是幸福的，你应该尽快地调整好自己。"

张雨昂怀着复杂的情绪吃完午饭，等到他走向画室的时候，才发现身旁不知不觉跟上来两个新的安保人员。毫无疑问，他们的任务就是盯着自己。张雨昂顿时觉得颓然无助，一切仿佛都回到了原点，只想埋头苦画，走进绘画的世界里去。

这一次绘画过程竟出乎意料地顺利，时间不知不觉流逝着，然而到了夜晚，他还是忍不住想起程一勇的事。

从那天起，程一勇便没有再回到画室，张雨昂从刘老板跟身边人的大声讨论中，得知他这段时间都住在治疗室所在的大楼里。小莫被调离了画室，音乐室变成了他无法靠近的地方，安保人员甚至不允许张雨昂与姜睿说话，即便是在活动中心里。自然，周末所谓的自由时间对张雨昂而言，也失去了意义。

他只能乖乖配合，强迫自己不再多想，音乐声响起便起床，吃完早饭去活动中心，吃完午饭去画室，吃完晚饭回病房。他就这么机械地配合着康乐家的所有活动，回到病房后也什么都不做，只是看着天花板发呆。

一天，在回病房的路上他遇到了陈美芸。她说了句："最近表现得不错。"

张雨昂没回话，回到病房后，他茫然地看着自己的双手，又木然地放下。他感受到一种前所未有的疲惫，大脑如同停留在无风海面的帆船，无法前进也无法后退，什么都无法思考了。一直吃的药似乎失去了药效，他的失眠回来了，这一次没有噩梦，而他也仿佛认命了一般，不觉得暴躁，也不觉得十分低落。不过他还是找到陈美芸，告知她自己失眠，用上了新配的促眠药物。日子再次变得空洞起来，漫长得仿佛没有尽头，唯有绘画能够让他短暂地摆脱这种情绪。

一周过去，又是一个周四，张雨昂一如往常走进画室，意外地在门口看到了小莫,她似乎只是回来取自己的东西的。两人也没能说上任何一句话,因为新来的护士一眼就看到了他,让他赶紧找个座位坐下。再一抬头,小莫就已经走远了。

张雨昂拿起画笔,抽出画纸,却突然间看到了一张自己的画像。从绘画的方式来看,这幅画毫无疑问是出自程一勇之手。那孩子是什么时候画下的这幅画呢,这幅画又怎么会出现在这里,张雨昂自然无法知晓。

张雨昂好奇地把画纸拿起来看了又看,这幅画应该是他前段时间画的吧,那时候他的笔法远没有现在成熟。他笑了,又叹了口气,那些教程一勇绘画的日子,现在看来也还不错呢。张雨昂放下画,却意外地看到了画纸背后的一行小字。

"你可能会短暂地忘记他是谁,你要记住,这幅画里的人是一位画家,他叫张雨昂,是你在康乐家的老师,也是你的朋友。"

是那孩子的笔迹。

一股强烈的感情立刻袭上张雨昂的心头,他再也无法假装遗忘,也来不及体会自己到底是什么心情,站起身来跑向门口。他怒不可遏,浑身颤抖,双眼发红,呼吸急促,青筋在额头上跳动。他知道让自己这么愤怒的原因是什么,他要去找陈美芸,要去找那个天杀的医生,最后他要去找马镜清,他要去给程一勇讨个说法。他一把推开前来阻拦的护士,可刚走出画室,就被立刻按倒在了地上。

"我警告你,别动!"安保人员恶狠狠地说。

张雨昂的脸猝不及防地撞在了地面上,顿时晕晕乎乎。他竭力抬起头,看到有个人正向他走近,但视线里的一切都七扭八歪,他看不清来的人是谁。

张雨昂下意识一把拉住他,说:"带我去见陈美芸。"

"好啊。"那个人边说边拉起张雨昂。

张雨昂稍稍站定,还没缓过神来,肚子上却突然结结实实地挨了一拳。他的嘴里立刻泛起一股苦味,一股剧烈的疼痛立刻扩散到了他整个身体。他下意识地捂住肚子,佝偻着身体,一时间无法再直起身来。

"哼,这一拳我等太久了,这次得加倍还你。"一个熟悉的男人的声音响起,说完又打了张雨昂一拳。

这一下他彻底跌倒在地,眼前出现了无数个小黑点,密密麻麻,遮住了他的视线。他不知道打他的人到底是谁,又为什么打他,但他已经什么话都说不出来了,只能发出微弱的呻吟声。眼前的黑点好不容易才稍稍散去,一位身穿白色工作服的护士又抬起了他的胳膊,粗暴地给他扎了一针。张雨昂立刻感受到一阵眩晕,晕倒前他本能地看向前方,只看到一根空空的针管。

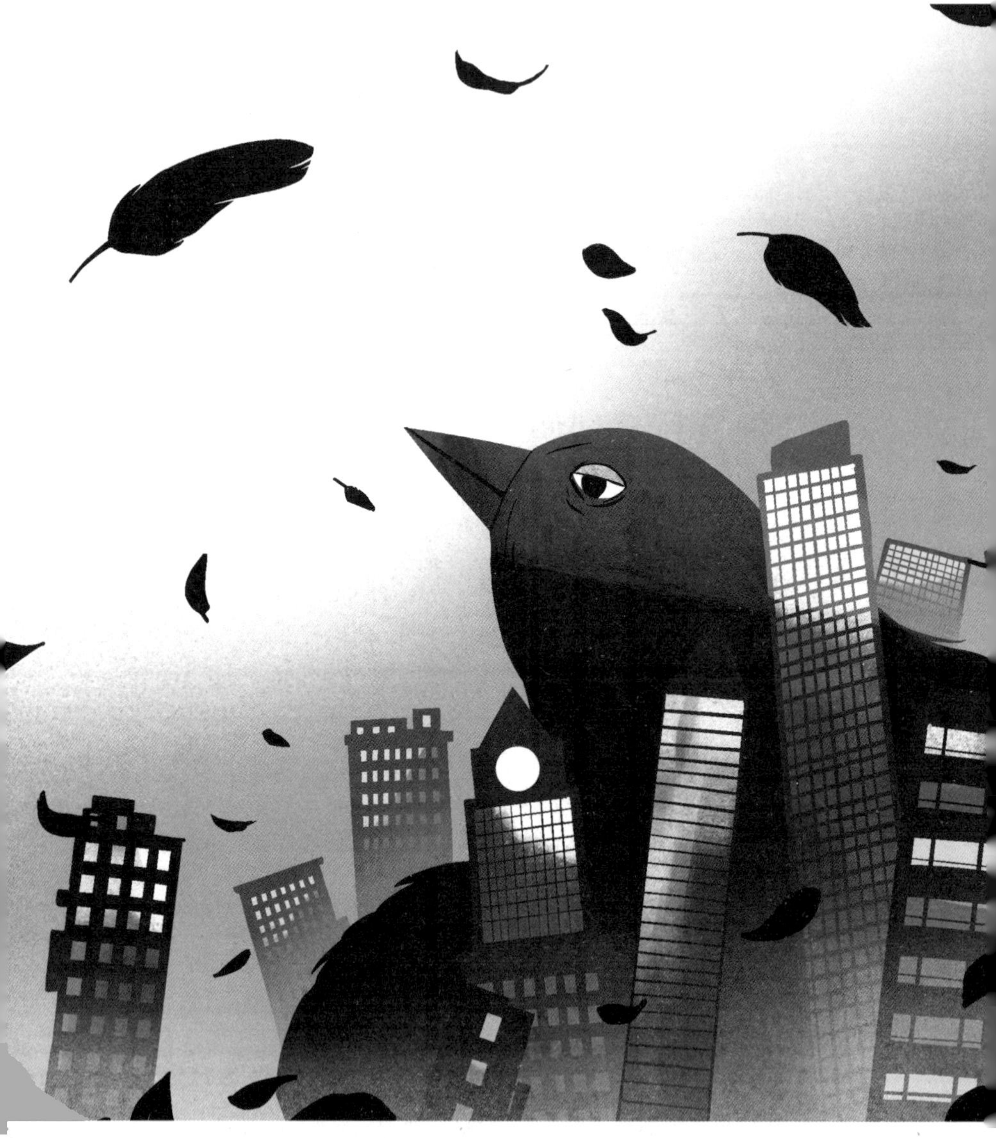

第六部分

谢谢你,朋友

> 每个人的答案都不同,
> 也只能靠自己去寻找才有意义。

29

张雨昂睁开了眼睛,一时间不知道自己在什么地方。他躺在一张病床上,但床头没有点滴,手脚也没有被束缚住。回忆涌进脑海,他一时间有些疑惑,他本以为自己会被关在禁闭室,但这里显然是另一个地方,窗帘缝隙中透进的光证明了这点。他环顾左右,支起身下床,走路却摇摇晃晃,无法笔直前行。他按了按肿胀的肚子,顿时疼得龇牙咧嘴,额头上沁出一颗颗汗珠。他擦了擦额头的汗,才发现自己的胳膊上满是瘀青。

一方面他有些懊悔,责备自己太过冲动,管别人的闲事反倒让自己鼻青脸肿;另一方面他依然记得程一勇的那幅画,想要找到陈美芸,找到院长,找到那个应该为程一勇的遭遇负责的人。

他茫然地走到门口,姜睿正站在门外,眉头轻轻皱着,看到张雨昂后,赶忙走到他身旁想要帮忙。

"没事,"张雨昂说,"我能自己走,我昏过去了多久?"

"你昏睡了一天,现在已经是周六了,"姜睿说,"还是先躺一会儿吧。"

张雨昂看到病房外的太阳正挂在头顶的位置,又瞥见向自己走来的安保人员,只好回到房间,在床边坐了下来,问姜睿:"我这是在哪里?"

"你在院长办公室旁边的病房里,这里本来是用来应急的。"姜睿回答,"你没有被关进禁闭室,因为叶灿然和小莫想尽办法见到了院长,替你说了话。"

"马镜清回来了?他在吗?"

"他还有个会要开,又匆匆离开了,不知道什么时候能回来。"姜睿用那双温厚的眼睛打量了张雨昂一番,声音忽然清晰起来,"昨天程一勇的治疗已经告一段落,今天下午,最晚明天,你应该就能被允许离开这里,到时候你就能在活动中心看到那孩子了。说到这里,针对你的监视也会停止,至少不再那么严密,院长替你做了担保。"

张雨昂没有回答,他低下了头,轻轻摸了摸肚子,想着不知道什么时候才能恢复。

姜睿坐到张雨昂身边,缓缓说道:"今天我来看你,还有一个重要的原因。"说到这里他停顿了一下。

"我是来提前跟你说再见的,一周后我就要正式离开这里了。"

张雨昂惊讶地抬起头，睁圆了眼睛看他，他没想到姜睿是来跟自己告别的。

"我欠你一个答案。"姜睿说，"我来到康乐家是因为被害妄想和焦虑症，但实际上，两年时间我就被治愈了，至少没有再犯过病。马镜清院长曾经找过我，告诉我可以随时离开康乐家，可当时我拒绝了。我一直没有告诉你，曾经有段时间我与你一样，也喜欢上了康乐家。因为我没有勇气重新开始生活，没有勇气再面对那些打击，没法面对外面的世界，没法面对现实与梦想的落差。"

说到这里姜睿顿了顿，凝视了一会儿窗外。然后他才回过头，再次看向张雨昂，说："还是从头说起吧。"

他缓缓说起与导演的相遇，这期间他的情绪一直很平静，在说完自己的经历后，他又说了一段话，这一次声音却有些颤抖。

"在外面的世界里，我们遇到的人大多对我们的理想不屑一顾。明明生活在同一个城市，所看到的景色却完全不同。抬头看的人能看到摩天大楼，低头看的人只能看到地上的坑洼和泥泞，站在高处的人能看到远方的风景，站在低处的人连五米外等着自己的是什么都不知道。有人拼尽全力只为实现心中的抱负，付出所有才靠近梦想一点点，另外一些人却偏偏横在他面前，只轻轻挥一挥手，就能把他打回原地。这仿佛才是世界的常态。你看，有人忍冻挨饿，有人挥霍钱财，有人头破血流，有人哈哈大笑。剩下的人呢，只会假装不公从来没有发生，只要不幸不降临到自己身上，他们就相信自己永远不会成为那个不幸的人。就好像路上看到有人需要帮助，他们也只是低着头看手机，把头埋得更深些，走路更快些，祈祷有别人去帮忙，等到同样的事发生在自己身上，才会感到绝望。或许更常见的情况是，人们只顾着看手机，压根儿就没注意到身边的不幸正在发生。"

张雨昂皱紧了眉头，心里不是滋味。因为来到康乐家之前他所处的环境，正是姜睿的对立面，他想起了事务所的老板，想起了龚烨，想起了自己。

"所以你才会对刘老板有那样的看法。"他说。

"他的乐趣，全建立在玩弄他人上，从来不会换位思考。这样的人就算赚了再多钱，在我看来，他的品格依然是最廉价的。"

张雨昂思考着自己是否也是这样的人，抑或他才是被玩弄的人。随后他得到了一个模糊的答案，他有时是前者，有时是后者。

姜睿停了一会儿，继续说道："两年前的一天，我见了一位访客，是那位有一面之缘的制片人。他告诉我，老王拍摄的那部电影的原版，最终被投资方一位血气方刚的小伙子放在了网上，并且得到了许多关注。外面也有人听说了我的事，希望我能从这里出去,亲自诉说自己的故事。

"老实说我不知道还能不能面对外面的世界,只是心里有了一些安慰而已。临走时那人递给我一封信,说了最后一句话:'那部纪录片切切实实地改变了那个孤儿院的命运,老王如果能看到,他一定会很欣慰的。我想他不会后悔自己的选择。'

"回到病房后,我打开了那封信,是孩子们写来的,他们稚嫩地写下了许多'谢谢'。那天夜里,我第一次燃起离开这里的冲动,可第二天又拿不定主意了……时间在这种循环往复中过去了,直到你来的前一个月,院长把我叫去办公室,给了我一本书,是一位导演的自传,我猜是那位制片人拜托他转交的,只是不知道为什么一年后马镜清才转交给我。

"那位导演在自传里说,为了自己的电影梦,他在一个不知名的电视台当主持人,又在电影行业努力了十年,才终于有机会拍出自己喜欢的作品。那二十年里他每一个夜里都很痛苦,也曾想过放弃,想过妥协,但最后他依然觉得所有的努力都是值得的。如果想要做到自己想做的,就必然要走过一条艰苦的道路,绝不妥协,咬牙坚持。这本自传让我想起了老王,突然间我弄清楚了一切,为什么老王阻拦了我,不让我惹事,为什么他的遗言是'我曾努力活过',又为什么他要把摄影设备都留给我。我想他真正要传达给我的是,如果没有人阻挡你的梦想,那固然最好,但如果有人拦在你面前,也应该用自己的方式抗争下去。"

张雨昂花了一些时间来消化姜睿的故事,随后他忽然意识到,自己是羡慕姜睿的,因为他的梦想非常明确。

"出去之后,你准备去哪里?"他问。

"我想回孤儿院,去看看那些孩子,看到笑容出现在他们脸上,继续我们曾经做到一半的事,继续拍我想拍的电影。或许我还会碰壁,或许还会有人拦在我面前,我不知道未来会发生什么,但我再也不想做笼子里的鸟了。这里的生活之所以不自然,是因为在这里,我们没有真正地生活,没有目标地过每一天,本质上只是在打发时间。我内心深处一直有一个声音在质疑我的选择,从前我置之不理,现在我决定接受它。我由衷地希望你也可以离开这里,在你找到属于自己的答案之后。"

"我本以为自己找到了答案,"张雨昂沉默了一会儿才开口,"但最近又变得混乱起来。"

姜睿很想说出这些年来自己的所得。当人遭遇挫折和不公的时候,当人在反抗之后落得伤痕累累的时候,人们会倾向于放弃,放弃抵抗，放弃努力，放弃希望，把罪恶当成理所当然的事，把放弃当成唯一的选择。但事实是选择从来都是两面的，这世上还有人在奋战着，在黑暗中寻找光明，站在光明的那一侧。那是一条漫长而又曲折的道路，然而只有那条道路，才能让人真的感受到自己来这世界走一遭的价值，也只有这么一条道路，可以通往唯一的光明。

每个人的答案都不同，也只能靠自己去寻找才有意义。

"我相信你离谜底已经很近了，"姜睿笑着说，"不会像我这样花这么久的时间的。这之后如果发生了什么，哪怕会再次受伤也没关系，就听从你的内心来行动吧。就像你这次做的一样。"

张雨昂闻言抬起了头，刚想问问他这句话是什么意思，然而一位护士打断了他们。

她喊了一声姜睿的名字，他应声后回过头，慢慢露出笑容，说："我该走了，不过我想我们应该会很快在外面再见的。"

30

一天后，周日，张雨昂在画室里见到了程一勇，他身旁站着那位之前在治疗室见过一面的医生。

这孩子的脸庞显然消瘦了一圈，太阳穴深深地凹陷了下去，颧骨突出，面色蜡黄，看起来就像是变了一个人，一个张雨昂从未见过的人。他也看到了张雨昂，可眼神里却有一种拒人于千里之外的东西。

"试着画一下天空吧。"医生说。

程一勇只是呆板地点了点头。

张雨昂深深吸了一口气，他走近了些，却被医生给拦住，把他叫到了外头。安保人员警惕地跟在医生的身后，生怕张雨昂做出什么出格的事。

医生平静地吩咐说："张先生，希望你不要跟他提起之前想要逃离这里的事，这会刺激到他。"

张雨昂咬紧了牙。

"他想要逃离这里，不就是因为你们所做的事吗？"

医生看起来吃了一惊，迅速摇了几下头，说："你搞错了顺序，是他先想要离开这里，然后我们才进行的治疗。康乐家的病人不能在治愈前自行离开，这其中的道理是个正常人就能明白。说到这儿我倒是想问问你，在之前的治疗中，他脑海中的另一个声音已经逐渐消失了，可我们发现他还记得自己的'朋友'，甚至记得每个细节，这是怎么一回事呢？"

"我怎么知道！"张雨昂没好气地嘟囔了一句，"你不才是医生吗？"

医生耸了耸肩，说："总之你记住我跟你说的话就好，别添乱。"

张雨昂没回话，想要走回画室，却被挡在门外，似乎是医生判断现在他最好还是跟程一勇保持距离。他看了眼医生，又看了眼程一勇，那孩子现在似乎正在专注地描绘着天空。张雨昂一瞬间犹豫起来，最终掉转方向，一路走进了活动中心。

老人似乎在等待着张雨昂，立刻走到他身边，说："我就说那孩子会没事的，今天上午我见到他了，他看起来好多了。如果不是医生当机立断进行治疗，那孩子现在恐怕还深陷在痛苦和混乱之中。"

说完老人自顾自坐了下来，张雨昂迟疑了片刻，也跟着一起坐了下来。

"那孩子跟我们不同，他得的是精神分裂，活在虚妄的幻想里。"老人接着说，"如果你真的为了那孩子着想，就应该让他接受治疗。"

老人的话简直跟医生所说的如出一辙，这会儿张雨昂开始纠结，说不定治疗对程一勇来说真的是一件好事。遗忘了幻想中的朋友也没什么关系，他想，那孩子会在生活中找到真正的朋友的，只要他回归正常。

闲聊几句以后，老人离开了活动中心，走回了教室，继续他们日常的交谈。

张雨昂也跟了过去。

他们感谢康乐家所提供的环境，感谢医护人员的努力，又说起了外面世界的糟糕，说到那些人一定还在遭遇着不自知的痛苦。类似的话题张雨昂已经听过好几次，前几次他都发自内心地赞同他们，这次却想起了姜睿。姜睿很清楚外面的世界有多糟糕，但依然选择离开这里，选择去追寻自己内心想要的东西。随后张雨昂意识到自己并非不赞同那些人的话，而是发觉他们所聊的东西，出乎意料地乏味而又雷同。

他模糊地理解了姜睿的话，他们在这里只是打发时间而已，并不是真正地活着。

他站起身，离开人群，转眼又看到了那些围着电视机的病人。

他们看起来是如此机械而又空洞，张雨昂第一次想要知道他们到底在看些什么。

可电视里放着的节目跟前几天没有什么两样，甚至跟他第一次到来时所看的也没有任何不同。

这一次他问出口，他问一个病人："你们到底在看什么呢？"

几个病人抬起头麻木地看了他一眼，就像看着一团透明的空气；另外一些病人则咯咯笑了起来，摇头晃脑地看着他，似乎是想要拉他一起看。张雨昂狐疑地看着他们,没有坐下,于是他很快便失去了对方的注意力,他们的视线转回了电视上,靠在椅背上,眼睛一动不动,手指无意识地挠起手心。

张雨昂又开始头疼起来,他环顾活动中心,只看到了一张张没有任何表情变化的脸。

每个人都日复一日地做着同样的事,看电视的人依然在看电视,交谈的人依然在交谈,下棋的人依然在下棋,刘老板依然在侃侃而谈同样的道理,身边的人依然在不住点头,啧啧称赞。所有的一切跟他第一次到来的时候没有任何两样,甚至每个人说话的语气,点头的幅度,所在的位置,都与从前分毫不差。

张雨昂对眼前的景象不明所以,但敏感地想到了自己在来到康乐家之前的生活,那些他一度热爱的,而后又嗤之以鼻的生活。

他想起老人说,外面的人整天庸庸碌碌,他们没有时间停下来感受生活,不自觉地变成了螺丝钉。这会儿他觉得这里的空气中,竟也弥漫着类似的气息。

张雨昂无声地离开了活动中心,没有人注意到他,仿佛他只是被风吹起的一片叶子。

31

叶灿然看着张雨昂被医生拦在了画室外,走向活动中心。她很想拦住张雨昂跟他说说话,但还是决定先见一下程一勇。她突然想起那孩子常常提起自己的母亲,说即使他不被其他人喜欢,可母亲依然觉得他是上天赐给自己的礼物。

远远看了眼程一勇,看到他绘画的样子,叶灿然稍稍心安了些。

她走向音乐室,在桌边坐了会儿,心里想着,接下来我要怎么办呢?接着她掏出何韵诺的信,只是简短几句,却又看了许久。

然后她抬头看向窗外的高墙,这些年她一直没有选择走出这片高墙,以为这样就能从困扰和负罪感中解脱,可最近发生的事让叶灿然对自己的判断产生了怀疑。高墙外,她的丈夫依然在等她。高墙内,一切也都在改变:姜睿即将离开这里,程一勇接受着频繁的治疗,而何韵诺结束了自己的生命。

这一切都让她混乱起来:"为什么那个人还在等我呢?为什么我的负罪感反倒越来越重了呢?我真的可以就这么一直待在康乐家吗?"

"你还好吗?"是小莫的声音。

叶灿然抬起头,才发现自己的视线有些模糊,她擦了擦脸。

"小勇结束治疗回来了,"小莫接着说,"现在正在画室,医生也会一直跟着他。听医生说,他的恢复状态还不错。这段时间他不会再接受电休克治疗,因为他可以配合药物治疗和心理咨询了。马院长也会跟他们重新制订他的治疗计划。"

叶灿然听完点了点头,小莫发现她并没有如释重负。

"我查了一些资料,现在的电休克技术对人体的危害已经小了很多,不像网上说的那样……"

叶灿然打断了她,摇头说:"我明白了,别说了……别再说了。"

小莫停下话头,抿起嘴唇看了叶灿然一会儿,忽然问道:"上次那封信……这些日子我一直在想,或许应该找个更好的时机给你,那时候你还要顾着小勇的事。"

叶灿然摇头说:"没有什么更好的时机,那时候给我和现在给我都没有区别。"

"我不知道信到底是给谁的,"小莫犹豫了一下,接着说,"所以打开看了几眼,看到了信件的内容。"

叶灿然捏住了自己的手,摇了摇头表示没关系。

"叶灿然,"小莫像是下定了某种决心,开口问道,"现在的你想要离开这里吗?我是说,其实你的病情已经得到了很好的控制。"

叶灿然没有抬头,浑身都僵住了,有那么一瞬间她不知道自己要怎么回答。小莫也许察觉到自己问了不该问的话,她咬了下嘴唇,带着歉意又说:"我不是说现在你就要鼓起勇气离开这里,但我觉得至少你应该想着这件事,你丈夫的事情我也听说了一点……"

马镜清之前也说过类似的话,现在换成了小莫。叶灿然看了眼小莫,知道她的话出自真心。

叶灿然缓缓开了口,一幕幕往事像是黑白电影浮现在眼前。

她先是说到自己在学生时代就患上了暴食症,又说起毕业后就一直在接受常规的治疗,也算是好转了不少,体重也恢复到了正常水平。接着说起自己的丈夫,告诉小莫他们是在工作中认识的,跟他认识并结婚的那些时光,就是她觉得最美好的日子。

可好景不长,婚后不久,公司里一位新来的同事突然给她发了一条信息:"你是不是得过暴食症,去看过心理医生?"

叶灿然顿时心慌意乱,半晌才回应了一句,但她连正面回答都不敢,只是打发新同事去把工作赶紧忙完。

她知道为什么这位新同事会突然提起这一出。

公司里有些同事一直说不上有多喜欢自己。她不擅长与人交流，又因为暴食症的影响，对吃喝玩乐的事几乎都拒绝，这样的日子久了，难免会被当成不好相处的人，背后一定会有人说三道四。丈夫对此并不清楚，他们属上下级，平日里也为了避嫌，几乎见不上几面。叶灿然不想丈夫因为自己的事情分心，也不想被当成一个被所有人都避之不及的怪人，她告诉自己，只要能证明自己的暴食症已经得到了控制，即使不能阻止别人背后说什么，但至少可以在公司里抬起头来。

可事与愿违。

她参加了一次同事聚会，大家都表现得跟平时没有什么两样，可她却不自觉地变得紧张和焦虑。暴食症并不意味着她会不分场合地吃光一切，但她感觉自己内心的欲望正蠢蠢欲动，聚会到了一半，她只得假装有事悄悄离开。

自那以后，她在公司里就变得更透明了，与人说话都战战兢兢，仿佛背负了一个不可告人的秘密。

流言就此在公司内部传开了，愈演愈烈。有人说她能嫁一个这么好的丈夫，还是自己的上司，都是因为她做足了表面功夫，蒙蔽了他，还有人说她的精神病是遗传的，一家子脑子都不太正常。

当然告诉她这一切的，还是那位新同事。

如此一来，叶灿然的状态越来越差，平日里躲着所有人，甚至一连请假了好几天。丈夫听到了风声，终于问她是怎么回事，她支支吾吾不敢把真相说出口，只好随便找了个理由，那时的她以为清者自清，那些离谱的流言很快便会不攻自破。但她不知道，流言一旦产生，就会具备自己的生命力。说到底，人们最终只会记得那个最具有戏剧性和冲击力的故事而已，就像何韵诺所遭遇的事情一样。

小莫干涩地清了清嗓，开口时有些迟疑："你为什么不直接告诉你丈夫呢？"

叶灿然无力地摇了摇头，说："那时我丈夫的事业正在上升期，他好不容易才爬到了当时的位置，根基不稳。我不想他因为我跟同事的关系闹得太僵，总算是把他劝住了。我也真的以为谣言会逐渐平息，却没想到最后愈演愈烈，又因为被添加了许多细节，听起来竟越来越像是真的。连公司老板都知道了，找他谈了几次话，他才得知了一切。当然这是我们的家事，他们也不能说什么。那几个月烦心事一件接着一件，后来我父亲跑来问他要钱，说是要盖房子，我知道这无非是个借口，哪儿有什么新房子要盖。可说到底那是我父亲，我难道还能把他轰出家门吗？我丈夫越来越忙，也越来越累，可从始至终，他从来都没有怪过我，一句都没有，明明这一切都是因为我，因为我有这么一个糟糕的父亲，因为我没法控制住自己的暴食症。"叶灿然睁大了眼睛,任由眼泪一滴滴往下落。她不明白为什么会跟小莫提起这些,但她内心有股冲动,让自己非说出这些不可。

小莫没有出声,她掏出一张纸巾,递给了叶灿然。有那么几分钟的时间,她一直看着把头埋在手心里的叶灿然,然后一字一句,慢慢地说:"这不是你的错。"

"就是我的错,我不配得到他那样的爱。"

"不是的……"小莫的心揪了起来,但想说的话还没有说完,突然间就被一个低沉却又激动的声音打断了。

那个声音重复了一遍:"叶灿然,不是你的错!你为什么要把一切都归咎于自己?"

说话的人是张雨昂。

32

叶灿然看着张雨昂,张雨昂也看着叶灿然,此刻张雨昂稍稍恢复了理智。

两人暂时都没开口,各自想着心事,打破沉默的是小莫。

"张先生，你什么时候来的？"她问。

张雨昂咳了一声，没有回答，而是转向叶灿然，说："我不知道你是怎么患上暴食症的，但没有人愿意自己得病，这并不是你能决定的，更何况你已经在竭尽全力治疗了。错的是那些拿你的病大做文章的人，不是你。虽然我不知道你跟你丈夫的感情到底如何，但就我上次听到的那些，我想他也认为自己跟你在一起是幸福的。"

叶灿然咬了会儿嘴唇，开口时声音很是颤抖，说："你不明白，他是那么优秀的一个人。我根本就不配站在他身边。"

"就因为你得了暴食症？"

叶灿然一怔，而后点了点头，说："不仅仅是这样，我没有任何值得他喜欢的价值，我身上一点吸引人喜欢的特质都没有。"

张雨昂皱起眉，问："你为什么会有这样的想法？"

叶灿然的右手无意识地紧紧握住了左手，不住颤抖着。她低下头一动不动，双眼紧闭，紧皱着眉，脸颊绷得很紧。张雨昂看得出她正在下定某种决心，一种把封存的记忆唤醒的决心，一种揭开自己伤疤的决心。

接着她开口说起自己是怎么患上暴食症的，声音听起来像是从遥远的地方传来似的。

"我是独生女，我妈因为生了我这个女儿，被婆家人看不起。

我爸虽然嘴上说着维护我妈的话,但改变不了其他人的看法,久而久之,他也被同化了。于是我妈只能一直小心翼翼地生活,生怕有什么做得不好的地方,"她说,"可我爸总是找一些小之又小的理由跟她吵架,什么都看不顺眼。"

"有一次,我还听到奶奶跟几个长辈对母亲说起我表姐的事,说幸好她长得好看,还能嫁个好人家。如果一无是处,也就读书还能算一条出路了。我妈认同了这个看法,自那以后给我报了很多补习班,每天念叨的都是让我好好学习,每个暑假都会给我买好几本练习册。于是我也开始觉得,像我这样的女孩子,也就只有这么一条出路了,说不定有了好的成绩,就能在家里抬起头来。"

叶灿然的声音低了下去,双手交叉,握得很紧。

"我在高中之前的成绩还算出色,可到了高中以后,我引以为傲的学习能力就黯然失色了。我搞不懂数学公式,听不懂立体几何。我恨透了自己,恨自己是个女孩,恨自己胖,恨自己不好看,恨自己不聪明。我自此开始常常失眠,因为节食每天半夜都会饥肠辘辘,一天夜里我饿得晕晕乎乎,突然听到了奶奶和父亲的那些话,一句句在我耳边不停地旋转。接着我的胃突然开始剧烈收缩,我感受到了一种巨大的饥饿感,仿佛胃里有一个能把我自己彻底吞噬的黑洞。为了堵住那个洞口,我走到厨房,把能看到的一切都吃了进去。等到我回过神来,冰箱都空了一半,瞬间我感受到了一种前所未有的害怕,慌忙走进洗手间,抠着嗓子眼,强迫自己又把一切都吐了出来。"

张雨昂下意识地看向了叶灿然右手上的黑斑,这下他明白是怎么回事了。

"那是我第一次暴食,我还以为只要吐出来就能装作没吃过,还以为一切都会恢复如初。我太天真了。自那以后我的暴食倾向越来越严重,体重也一路上涨,在学校里都开始被人议论。成绩……就无从谈起了。所有人看到我都避之不及,就连过年的时候,亲戚们都不再跟我说话,连表面的关心也懒得做了。"

叶灿然闭上眼睛,深深吐出一口气,挤出一个没有力度的笑容,说:"你看,我明明知道自己不该这么做,明明知道要好好学习,可就是做不到,我是一个没用的人。"

"我听到的,是一个无助的小女孩,把所有的错误都归咎于自己,"张雨昂说,"你根本没有做错什么,你也不是一个没用的人。你有你自己的人生,活不成别人期待的样子也没关系。不要轻易否定自己啊,你后来不是遇到了一个喜欢你的人吗?"

说话时张雨昂浑身颤抖,他不知道自己说出的这些话是从哪里来的,只能感受到一种无名的情绪在心中蔓延,说话时双手紧紧地握成了拳。他自己都没能意识到,他的脸颊已不知不觉涨得通红。

叶灿然惊讶地注视着他,她不明白为什么此刻张雨昂看起来这么激动。她想起了一件事,想起了那天看程一勇画自己母亲时,张雨昂脸上那种怅然若失的表情。

她没有开口,两人只是望着彼此,在这一个瞬间,两个人从对方的脸庞上看到了理解,不仅仅是理解了互相说的话,而且是一种在极其偶然的情况下才能出现的共鸣,是建立在伤痕之上的连接。或许只有同样受伤的人,才能够真的理解他人。

"张雨昂,你之前是不是也经历了什么,"叶灿然用沙哑的嗓音挤出了这句话,"你的这些话,其中的一部分也是说给自己听的吧。"

张雨昂沉默了,久久不能开口。

他想起多年前的那个冬天,母亲离开家后,他本能地感受到了一种缺失,就像是身体突然缺了一块,整个人变得头重脚轻。他对周遭的事情再也打不起精神来,就连走在学校里也不敢跟任何人说话。到了夜晚,他就像程一勇,在睡梦中会见到自己的母亲,可醒来后只觉得世界被割裂成了两半。母亲没有拿走的那些画,被张雨昂偷偷地拿进了自己的房间,可没有勇气再打开。他忍不住想起母亲临走时说的话,虽然她的话里说的是父亲,但他对应到了自己身上。他一遍遍问自己:"是不是我的问题?是不是我没有出息?"

父亲从此每天陷在椅子里,大门不出,二门不迈,靠喝酒来打发时间。他一直穿着回来时穿的那件衣服,只不过几天过去,就变得破破烂烂,沾满污渍,而且像是突然之间变大了一圈似的,风可以轻而易举地灌进袖口。张雨昂发觉父亲的眼神也变了,有时那眼神是那么空洞,毫无情绪,有时又只能看到毫无缘由的愤怒,那时的他还不知道,自己的眼神里,竟也是这些东西。

一个月过去后,家里变得不得安宁,催债的人一次次地出现在门口,看着他们趾高气扬的脸,看着父亲毫无尊严地乞求,看着原来还会来安慰父亲的人现在避之唯恐不及,张雨昂说不出自己心里的感受是什么。家里的吵闹声不休不止,张雨昂只能把自己反锁在房间里来逃避一切,但他什么也做不了,既不能学习,也没办法画画。他突然意识到绘画根本就是一个错误的选择,随后他做出了决定,他要赚钱,赚很多钱,只有赚到钱才能让他再次抬起头来。

他把画永远地封存了起来，而后逐渐模糊了母亲的容貌。

自那以后，不可思议的是，他发觉只要集中注意力，就能用别的东西来掩盖住思念，就好像手被划伤后，只要小心翼翼不去触碰那个伤口，就不会感受到疼痛。等到他长出第一根胡子，他很高兴，高兴自己的脸上再也没有了母亲的影子，高兴那个人再也不能影响到自己。

说不定从那时候开始，从前的那个张雨昂就死了。
那往后依然存在的人，只不过跟自己有着相同的名字而已。

叶灿然说的恐怕是对的，他说的话里有一部分就是说给自己听的。

"张先生？"小莫小心翼翼地打破了沉默。
但张雨昂没有回答，他转过身，说有事要做，头也不回地离开了。
小莫和叶灿然心知肚明这是一个借口，但谁都没有阻拦。

张雨昂离开之后，叶灿然突然很想和姜睿谈谈，问问他为什么能鼓起勇气离开康乐家，为什么能够平和地看待自己的病。张雨昂的话触动了她，因为他与这里的医生和护士不同，他是发自内心地说出了那些话。

她又想起了何韵诺，从口袋里拿出那封她已经看过多遍的信，小心翼翼地摊开。

如果有天你发现我已不在这个世上，请你不要自责，那是我出于自己的意愿做的决定。请相信我是高兴的，这是我唯一能够以自己的意愿去做的事。如果这世上还有人能理解我，那个人一定是你。

我唯一放心不下的人，也是你。

那天你告诉我你想去海边，那时我说去你的店里当店员，帮你吸引顾客。

我当时是真的希望自己可以做到，但现在的我或许连顺利弹钢琴都无法做到了。

还好，当时把那首曲子教给了你。

希望你能实现你的梦想，开启新的生活。我知道你害怕离开康乐家，但你跟我说起那个约定时眼里的光芒我看得到。

是你的话，一定能够做到的。

叶灿然的眼前又一片模糊,她擦了擦眼角,把信小心翼翼地放在桌子上。

接着,她郑重其事地吹奏起那首没有名字的曲子。一开始,吹奏并不顺利,但随着时间过去,她逐渐进入状态,双手开始顺畅地移动起来,原模原样地吹起了那首曲子。这期间她一直闭着眼睛,除了音乐以外,什么都不去想。终于吹到了这首曲子的后半段,这一次她没有停下,而是顺利地吹完了整首曲子。何韵诺没有完成的乐曲,或者说何韵诺最终无法再弹奏的乐曲,在她这里完成了。或许叶灿然一直都记得,一直记得这首曲子应该怎么结束。

当叶灿然再一次睁开眼睛时,突然发觉眼前的色彩与往日截然不同,她的心中也模模糊糊地有了一个答案。

这时她突然发现放在信纸旁的信封上写着一行小字,她不知道自己之前为什么没有看到它们。

谢谢你让我多活了很多很多天。

明明可以一起开始新生活的啊……叶灿然再也克制不住内心的情感,放声大哭起来。

33

接下来的几天，张雨昂依然遵循着康乐家的一切守则。

有几次，他自发地想要去教程一勇绘画，但都被医生拦了下来，不过那孩子的状态看起来恢复得很不错。

除此以外，他几乎不与任何人说话（当然大多数病人也不待见他），也没有任何事情想做。明明现在已经没有安保人员形影不离地监视了，他却没有去音乐室找叶灿然，也回避了姜睿，遇到老人时他也绕道走。他就这么独来独往，回避着一切会引起他思考的人和事。

他不愿意再去想过去了，这些日子想得够多了，那些他本以为遗忘的事已经够多了。他也不愿意去想未来了，自己的治疗到底进展如何他也不在意了，马镜清说的第二阶段的治疗，或许无法实现了吧。或许，他一辈子都无法彻底治愈自己的病，会这么一直留在康乐家。一日三餐，画画，时不时地种植，再与周边的人抱怨外界的糟糕，日复一日地生活下去。

没事，反正一切都能很快就习惯的。他告诉自己。

周五，一件出人意料的事发生了。

这天清晨，他走到活动中心，却发现了一些陌生面孔。几位他从未见过的医生正跟程一勇的主治医生争论着什么，最终程一勇的医生还是点了点头，那些陌生医生便立刻转向了程一勇。恐惧在程一勇的脸上一闪而过，随后变回了麻木呆板的表情，他顺从地站起身来，跟着他们走了出去。

这是怎么了？

张雨昂的心再次揪了起来，他猜到程一勇即将面对的绝不是什么好事。他站起身来，不由自主地走到活动中心的门口，看向程一勇离开的方向。他们似乎没有前往治疗室，但他没法放下心来，想要走近些看看。两个安保人员立刻走到张雨昂的身边，气势汹汹地警告了一句，别多管别人的事。

张雨昂看了他们一眼，又想起了上次他被打趴下的情形，迟疑了一下，又走回活动中心坐下。

下午，在前往画室的路上，负责监视的安保人员再次出现。

张雨昂闭上眼睛揉了揉太阳穴，下定决心这一次什么也不做。

可第二天早晨，天还没亮，他就已经早早地起床了。他本不该这么早就醒来的，陈美芸给他开的药，至少能让他睡到朝阳升起。然而事实是他一晚上都没有睡好，反反复复被那个熟悉的噩梦折磨着。他不明白为什么这么久了，那个噩梦又突然重新出现。

如果是这样，岂不是一切都彻底回到原点了吗？他感觉到浑身无力。

康乐家似乎还未苏醒，打开门，眼前不见安保人员，走到病房大楼的门口，值班护士正趴在桌子上打瞌睡。张雨昂走出大楼，一个人草草吃完早饭，想着去画室，却不自觉地前往另一个方向。等他回过神来，已经走到音乐室的门口。

音乐室的大门紧闭着，不见叶灿然的身影。张雨昂无奈地笑了声，不知道自己究竟在做什么，万一被安保人员发现可就不妙了。

这时突然有人拍了拍自己的肩膀，张雨昂心里"咯噔"一下，回头一看，竟是叶灿然。

"我知道你一定会来找我的，"她看着张雨昂，微笑着说，"我有很多事情想告诉你。"

同一时间，马镜清已经在办公室完成了一部分的工作。

他这几天都没有回家，而是住在康乐家的职工宿舍里，最近的形势容不得他像往常一般生活。他是康乐家的院长，然而最近康乐家愈发不受自己的控制。

"马镜清院长,我知道你一直采取的都是温和的治疗方式,但病人的病情一直有所反复,药物已经不足以根治他的病了,他的身体已具备了耐药性。除非你有更好的方案,否则治疗必须按照我们制订的方案进行。"

昨天新来的医疗团队制订的治疗方案,马镜清强烈反对,最后双方不欢而散。想到这里马镜清扶住了头。

这时有人敲了敲门,没等他回应,就推开门走了进来。

"文件你都拿到了吧?"马镜清抬起头看清了前来的人是谁,平静地说,"我已经签过字了。"

姜睿径直坐在马镜清面前,摇头说:"我知道,这不是我来的原因。程一勇被新来的医生团队带走了,我知道那意味着什么。"

马镜清的表情凝固了一秒,但很快恢复如常,说:"这是治疗的一部分,下午我也会亲自去看他。"

姜睿摇了摇头,继续说:"是因为程一勇的父亲吧?每次他到来之后程一勇都会受到影响,他前阵子想要出去的理由我也大概猜得到……程一勇平日里接受电休克治疗的次数已经下降很多了,但最近实在是太过频繁,这一次甚至还来了一个新的医疗团队……"

"这不是你要考虑的事,"马镜清打断了他,"毕竟你不是医生,我会处理好一切的。"

姜睿短促而又沙哑地笑了，然后干咳了两声，说："院长，现在的康乐家跟你之前创立的康乐家，已经不是一个地方了，甚至已经不再是一家医院了。前段时间在你外出的时候，有人来颁布了新的规章制度，我想这件事你也已经听说了。"

马镜清没有回答，电脑的反光让姜睿看不清他的面庞。

"举报机制？这真的是一家医院应该存在的东西吗？"姜睿说，"还有刘国庆根本就不需要来到康乐家进行治疗，他怎么可以一直留在这里呢？程一勇接下来的治疗，想必会有极大的副作用。院长，你总是对我说，你站在病人这一边，我至今依然相信这点，但我同时也认为，现在的康乐家已经不受你的控制了。"

马镜清的脸色沉了下去，皱着眉头，没有说话。

姜睿叹息一声，再次开口："院长，我相信你有自己的判断。"

马镜清依然沉默着。

没有再说下去的必要了，姜睿静静地站起身，走到了门边，马镜清突然叫住了他："离开康乐家之后，你有什么打算？"

"坚持我的梦想，"姜睿说，"哪怕我的天赋并不足够，哪怕需要很长的时间才能开花结果。"

说到这里姜睿笑了一下，又说："我的情况您不是很清楚嘛。"

"我很高兴你能够跨出这一步。"马镜清说。

姜睿颔首，笑了声，静静地鞠了一躬，打开门走了出去。

姜睿走后，马镜清只是安静地坐着。他的表情很是忧虑，嘴角垂了下来，眼窝凹陷。很快，他的背又开始疼了，不用照镜子，他也知道现在的自己看起来完全就是一个老态龙钟的老人。

他缓了缓神，打开程一勇的档案，一动不动地思索着。

当初程一勇来到康乐家时，自己之所以会答应把这样的一个孩子留在康乐家，是出于保护他的心理。马镜清知道这样的孩子在外面的世界只会受到更大的伤害。马镜清采取温和的治疗方案，也是因为想要让这孩子慢慢地接受现实，接受他人，接受自己。等到他哪天准备好了，可以接受伤害，可以接受痛苦，可以允许自己格格不入的时候，就可以停止治疗，回归外界。

想到这里，马镜清又想起了姜睿说的话，那些话深深地刺痛了他。

他一直逃避思索康乐家的现状，他总是说服自己一切都是为了大局考虑，可马镜清又怎么可能不明白，现在的康乐家已经不仅仅是一个治疗疾病的地方了。他当时建立康乐家，是希望人们可以摆脱残酷的环境，从而重新建立起内心的堡垒，他只想到了让他们逐渐接受现实，接受自己，却忘了去考虑外界的世界是否会接受他们。

他关掉档案，看向诊室窗户外边的那堵高墙。

他不知道这堵高墙真正起到的作用，是把可控和不可控、正常和不正常隔绝开来。

人们总是喜欢跟自己相同的人，总是喜欢那些自己可以控制的人，总是喜欢那些能给自己带来价值的人。

不可控意味着未知。未知让人恐惧，恐惧带来误解，误解造就了高墙。

马镜清试图再次说服自己，现在所发生的一切都不是他的问题。即使他没有建立康乐家，也一定会有另外一些人建立类似的场所，把那里当成疯人院，当成监狱。相较而言，他认为自己已经做得足够尽责，他关心病人，他尽全力地不让病人受到伤害。

可程一勇的事，让马镜清无法轻易说服自己，这样下去，那孩子会遭遇记忆缺失的后遗症，甚至还会让他的智力遭到损伤。新来的医疗团队不可能不知道这些事，还是说，这也是程一勇的父亲认为可以承担的风险？

一种无力感袭来，马镜清的眼睛有些干涩和疼痛，这让他不得不把视线移开，闭上眼休息一会儿。

"我的身体还能坚持多久？"他问自己，可没有答案。

34

"程一勇的情况大致就是这样。"叶灿然说。

"你为什么会知道得这么清楚?"

叶灿然的脸上却露出了苦涩的表情,停顿片刻后才回答:"自从那孩子上次被迫连续接受两次治疗之后,他就知道自己的治疗方案一定会发生变化,加上举报机制的建立,一切只是时间早晚的问题。"

张雨昂一时间摸不着头脑。

"那孩子的情况我也不是什么都清楚的,"她接着说,"但有一点是肯定的,他的家人不愿意他从这里出去,至少在他的病情得到控制之前。"

"不对,"张雨昂摇了摇头,说,"程一勇的母亲是很爱他的,这点你我都很清楚。"

"或许他母亲根本不知道这里面的情况,或许他母亲想要做些什么但做不到,或许她认为自己所做的都是为了孩子好,家庭情况总是很复杂。"

张雨昂茫然地看了叶灿然一会儿,说:"说不定程一勇很快就能出来了,他会好起来的,就像之前一样。我们也做不了什么。"

"你内心真的是这么想的吗?"

"上次的情况你也看到了，我们越是反抗，下场就越是悲惨，还不如乖乖等着。"

叶灿然看起来并没有沮丧，也没有因为这句话就转身离开，而是死死地盯着张雨昂，那表情看起来就像是要把张雨昂的内心都看透一般。张雨昂默默移开了目光，抬起头看着天空，天稍亮了一些，厚厚的云层挂在天空的正中央。

"这个给你。"叶灿然从背后拿出一张被细心叠成小方块的纸，递给了张雨昂。

张雨昂不明所以地看着她，还是伸手接了过去，接过纸的瞬间就明白过来了：这是一张画纸。可这张画纸的触感却黏黏糊糊，上面还有一些饭菜的痕迹。他盯了会儿手头的画纸，迟疑了一下才打开，熟悉的画面瞬间出现在眼前。

这是程一勇的画，画里是他的母亲，但这张画纸被撕坏了一部分。

"这幅画？"

"他后来画的都被医生给收走了，说是要替他保管。"叶灿然说，"这是最初的那幅。"

"那它怎么又会出现在你手里？"

"老方法,藏在袖子里,为了不让人发现,跟米饭混在了一起。"叶灿然答道,"那孩子经常会偷偷给我带一些吃的。这幅画是我三天前收到的,也是在那之后,我才知道小勇接下来要面临什么。这几天我一直想找你说话,可没有找到机会。"

张雨昂想起自己前几天一直回避他们,一时间心情有些复杂。

"不过总算是能交到你手里了。"叶灿然似乎松了一口气,又说,"小勇想拜托你一件事,如果可以的话,你能按照这幅画的样子,再画一幅吗?就像你之前做的那样。"

"这个简单。"张雨昂点点头。

"他拜托你做这件事,不是因为你很会画画,而是他相信你会帮助他做这件事。那孩子很喜欢你。"叶灿然突然说。

张雨昂不知道应该回答什么,他沿着痕迹小心翼翼地把画纸重新叠好,把它放进了口袋。他知道这幅画对程一勇来说很重要,这次必须比上次更认真,不能出一点差错。他静静地想了一会儿关于绘画的事,直到叶灿然再次打破沉默。

她的眼神突然变得非常严肃,脸上的表情说明接下来要说的话很重要。

"你想要离开这里吗?"她问。

张雨昂怔了一下,才答道:"即使我想离开这里,马镜清也不会轻易同意的。"

叶灿然却摇了摇头，说："我的意思是，如果我们有办法可以不通过院方的同意离开这里，你想要离开吗？"

张雨昂惊讶地瞪大了双眼，嘴巴也不自觉地张大了，音调上升了几度："你的意思是，你们找到了逃离这里的办法？"

"是的，但不保证万无一失，那个计划也很可能会失败。这不是一个请求，你完全可以拒绝。"

"我不明白，我想不想出去，能不能出去这件事暂且不提。"张雨昂疑惑地看着她，"程一勇的情况也另说，但你明明可以通过正常手续出院，为什么非要逃呢？"

"如果那样的话，我们想做的事就做不成了。"叶灿然说，"首先是这幅画，小勇想让他的母亲看到。接下来才是最让人头疼的，姜睿和小勇共同准备了几份资料，如果是正常出院，我们的所有东西都会被留在这里，不可能把那些资料带出去。不，准确来说，是那些资料绝不能让院方发现。所以，也只有逃离这一条路可以走了。"

张雨昂隐约猜到了他们要做的事情是什么，但他没有求证，因为另一个更为重要的疑问此刻出现在他的脑海。他问："你们为什么要告诉我呢？我答应不答应是一回事，你们就不怕我告诉院方吗？怎么看，这么做都对我更有好处。"

叶灿然想都没想，直接说道："你真的会这么做吗？"语气却不像在提问。

"我想你们弄错了一件事,"张雨昂生硬地说,"最初我是很想离开这里,但现在没有出去的理由了。"

叶灿然看起来并未感到惊讶,缓缓开口:"姜睿曾告诉我,你在康乐家已经感受不到平静了,我想这里的环境,并不能治愈你的病,当然这一切的前提是你真的患有躁狂症。另外,你不属于这里的任何一个群体,这一点你自己心里也清楚。或者,你已经认命了吗?甘愿一辈子把自己困在这里?"

张雨昂突然暴躁起来,声音因为激动而颤抖。"我到了外面又能做什么,事务所抛弃了我,我不可能找回工作,也没有等待我出去的朋友。"

"你有的,"叶灿然笃定地说,"我、姜睿、程一勇,我们都站在你这边。"

"这只是因为我们都在康乐家而已,到了外面的世界,我们很快就会失去联系的。"他声音大到把自己都吓了一跳。

叶灿然却没有一丝动摇,她抓住了张雨昂的胳膊,手心的力量传到了张雨昂的身上。她看着张雨昂的眼睛,认真地说:"我这些日子想通了一些事,我下定决心离开康乐家,不仅仅是因为小勇。不,即使没有小勇的事,我也会想要离开康乐家。"

张雨昂没法挪动自己的双脚,他发觉自己想要知道叶灿然离开这里的原因。

"我必须去见我的丈夫,把事情做个了断,不能一直逃避下去。越是逃避,问题就越会变得复杂。我也不再害怕了,谣言也好,偏见也好,它们永远都会存在于黑暗的角落,哪怕是在康乐家也一样。既然如此,为什么还要在意那些呢?只是在这里,我们永远不可能拥有真正的自由,永远不可能活成自己喜欢的样子,因为这里只有冷漠和机械。说到底,生活从我们这里拿走的,我们只能从生活中拿回来。想要重新获得爱,就要回到有可能出现爱的生活中去。"

"这一点还是你告诉我的,张雨昂。"叶灿然咧嘴一笑,接着说,"我有我自己的人生,活不成别人想要的样子也没关系,不要轻易否定自己。的确,未来会发生什么我们谁也不知道,但你需要我们的时候,我们一定会在,反过来也是一样的。因为我们在这里互相诉说,互相倾听,这些事我永远不会忘记。难道你认为我们对谁都可以诉说自己的痛苦吗?这一切都是因为我们相信你能够理解。我能有勇气离开这里,毫无疑问,其中有你的一份功劳。"

张雨昂陷入了长久的沉默,叶灿然也没有说话,她静静地等待张雨昂。

天空突然暗了一层，似乎是那片云遮挡住了阳光。他闭上眼睛，任由自己的回忆流淌，儿时的回忆，在北京的回忆，在事务所的回忆，来到康乐家之后的回忆。

接着他开口说起一切。

所有的一切。

天色亮起了一些，叶灿然边听边注视着张雨昂。

"你又为什么要把一切都归咎于自己呢？"她突然开口打断了他。

接着她笑着摇了摇头，看向张雨昂的眼睛，说："我听到的，是一个小男孩断然否定了自己。活不成别人期待的样子也没关系，这可是你说的。"

张雨昂说不出话来，整个世界似乎都颠倒了过来，他感觉到自己寻求许久的答案在此刻正呼之欲出。

他想起来到北京的第一天。

那是他第一次见识到北京的车水马龙，一下子被震慑住了。他痴痴地看着眼前的马路，这条路竟然这么宽，又这么笔直，街道上的行人是那么井然有序。他想象着自己即将踏上的，将是一条阳关大道，道路尽头是光明的未来。他不会像父亲那样因为穷而乞求别人，他会在那个光明的未来里，重拾自信，重遇朋友，重新开始人生。但那其实是一条再常见不过的街道，在北京比比皆是，是他自己把那条道路想象得太过宽广，太过梦幻。

那时的他自然不明白这些，他内心感受到的只有无边的震撼，这让他再次确信自己的决定是正确的：只要赚到足够的钱，就一定能有人站在自己身边；只要有足够的时间，就一定能走到终点，就一定能再次拥有自己梦寐以求的东西。

可事实果真如此吗？

仔细一想的话，即便他赚到的钱越来越多，但到目前为止，还没有任何一个人坚定地站在他的身边。用钱换来的尊严和认可，通常只能持续一个晚上。

而他也总是需要理由，比如又购置了什么东西，才能换来一些陪伴，不，那些称不上陪伴，只不过是一起聚会喝酒，说一些不痛不痒的话而已。当另一个人买了更好的东西时，人们便会跑向另一个方向。无论存款后面有多少"0"，无论他买了多么昂贵的东西，人们也没有真的留在他身边。

这一刻，他明白了一切。

来到康乐家之后，他变得一无所有，可即便是一无所有的他，也依然能够获得他人的认可。在那之前,父亲从未跟他说过,母亲的离开不是他的错,父亲也没有告诉他,母亲没有拿走他的画,并不是因为他的画有什么问题。他曾以为金钱是万能的,但其实金钱不能买的东西有很多。

或许有人曾想告诉他的。

他突然想起,在母亲离开后,他走在学校里不敢与人说话的那些日子,那时的他内心是多么渴望能够得到安慰啊。其实当时是有人想要与他说说话的,那是与他一起长大的朋友,可他却回避了所有人。他把自己封闭了起来,因为害怕再次受到伤害,以为这样自己的伤痛就能够愈合,可到头来只造成了一种愈合的假象,往心的深处看,分明还淌着血。就好像只有用土才能把一个坑给填上,可张雨昂却选择盖上一层布,以为下次再来就不会跌下去了。不是的,你想要获得什么,就要付出什么,你想要获得真心,也只有付出真心,哪怕真心换来了辜负,哪怕努力换来了嘲讽,也只有这一条路可以走。这道理是多么简单啊。

直到他来到康乐家,在这个地方,他才再一次与人真正建立起联系。

没想到,居然绕了这么大一个圈。

在梦境中,把他关在井底的人,竟然就是他自己。

想到这里,他有一种被需要的感觉,还真是久违了。

叶灿然看得出来张雨昂正试图下定某种决心,但那过程注定不会那么顺利,就像她自己都花了很长的时间,才能说服自己面对。于是她说:"这是你自己的选择,不必急着给我们答案。"

张雨昂害怕这股勇气不知道什么时候就会消散无踪,立刻做出了回答:"要怎么才能逃离这里呢?"

35

一天后,清晨六点,马镜清就来到了办公室。

晚些时候他需要处理程一勇的事,在那之前,要赶紧处理完日常的工作。

昨天夜里的晚些时候,叶灿然在查寝时突然冲出了病房,大吵大闹,陈美芸做主把她关进了禁闭室,甚至没有知会马镜清一声。她还认为叶灿然的举动是由于张雨昂的唆使,早晚非得给他安排一次电击不可。

想到这里马镜清沉重地叹了口气,让人把叶灿然放出来,把她带到办公室。

他闭上眼睛思索了会儿,晚些时候的会面让他很是担忧,他预感到磋商的结果不会太顺利。

再次睁开眼睛,是值班护士打开了门,叶灿然跟在她的后头,被带到了门口。

她虽然虚弱,但并不慌乱,显然尚存理智,当然,或许这是因为过了一晚,她重新恢复了理智。

"昨天你为什么要做出那些举动?"马镜清问,"这对你没有好处。"

叶灿然直视着马镜清的双眼,坚定地说:"因为我必须要见到您。"

"见我有很多种办法的,你可以向护士报告,我也会定期查房。"马镜清说。

"我等不了那么久。"

马镜清院长不动声色地看了会儿叶灿然,想看看她到底怎么了,接着缓缓开口:"我知道何韵诺的事对你是一个不小的打击,最近又发生了程一勇的事,但无论如何,你都要配合治疗。我会尽量想办法的。"

"院长,如果您想得到合理的办法,那个所谓的医疗团队就不会留在康乐家了。"

马镜清院长被击到了痛处,他没有说话,不再理睬叶灿然,低下了头,开始写她的病历。

叶灿然站了起来,此刻她就站在马镜清的面前,这时她第一次发现眼前的人,说到底也只是一个人而已。

"院长,请您告诉我,一个人的出生是个错误吗?"

马镜清没有回答,但他写字的手停下了,叶灿然知道他在听。

"我曾经认为我来到这个世上就是一个错误,"叶灿然不紧不慢地说道,"正是这样的想法,让我不得不活在痛苦的世界里。但我现在已经想明白了,每个人来到这个世上都不是错误。一个人的人生不该由任何人来决定,即便那是我们的父母,我们也应该互相尊重。他们的确给予了我生命,但这不代表我就是他们的附属品。往后的生活是我自己的,不是任何人的,也不是父母的,更不可能是康乐家的。"

马镜清拿起一旁的水壶,给自己倒水,却不小心洒在了桌子上。他擦干桌面,然后开口说道:"这是一个复杂的伦理问题,没有人有标准答案。我个人的确倾向于你的说法,但每个人的情况不同,你是一个大人,或许可以为自己的想法负责,但程一勇不是。如果他不接受治疗,势必受到更大的伤害。"

"马院长,我可以理解成,你也支持程一勇现在所接受的治疗吗?"叶灿然问。

"我不需要你的认可或者指责。"

叶灿然摇了摇头,然后说:"如果真的是这样,那康乐家我就更没有什么好待的了。"

"拿着这个,"马镜清把病历给叶灿然,说,"把这个给外面的护士,她会带你去开一些药。去吧。"

"我现在不需要这些。"

"这是你最需要的,"马镜清说,"这些药能让你平静下来。"

"我很平静,我也知道自己真正需要什么,我需要离开康乐家,去我该去的地方。"叶灿然摇了摇头,说,"你之前说,我应该接受自己,那才是一切问题的根源,我会努力做到这一点的。"

"很高兴你终于想通了。我会通知你的丈夫的,在进行心理评估后,你就可以离开了。"马镜清说。

叶灿然陷入一阵沉默,窗外的阳光照了进来,但群山深处似乎依然有一些乌云笼罩。

马镜清也没有说话,他静静地看着手头的文件。

"我不需要那些所谓的文件,也不需要我的丈夫再来一次。等我离开这里之后,会找个时间自己回去的,我想在家里跟他见面。"叶灿然打破沉默,声音在安静的房间里听起来掷地有声。

"你需要这份证明,"马镜清的声音很严肃,接着说,"我会给你准备好的,它可以证明你的病情已经得到了基本的控制,你在找下一份工作的时候会用到的,明白了吗?"

叶灿然别过头,咬着嘴唇,似乎在组织自己的语言,接着她长长呼出一口气,说:"院长,我现在想起曾经遭遇的一切,还是想要暴食,想要吐,就在前阵子我还吐了两次。我能够想象到,与丈夫见面的时候,我还是会犯病。我无法改变那些痛苦,也无法改变那些痛苦给我造成的影响,我不能假装自己治愈了。"

沉默再次来临。

马镜清抬起头用审视的目光看着叶灿然,看到她的决心,眼神没有一丝避让。末了,他低下头翻出一些文件,语气变得温和,说:"你先填一下文件吧,我会尽快帮你安排出院测试,医疗团队也会对你进行评估,我必须按照规矩做事,这也是对你负责。"

他停了一下,又说:"去开药吧,我现在就叫护士进来。"

叶灿然置若罔闻,眼睛看着前方,略微耸了耸肩膀,面色疲惫,说:"让我在这里睡一会儿吧,我太累了。哪怕只有几分钟也好,不会很久,我也不会打扰您,之后我会去开药的。"

马镜清看着叶灿然,沉思了一会儿,还是同意了,处理起另外几个病历。

大概过了十五分钟,康乐家却突然响起警报,一个安保人员赶来,让他赶紧去活动中心一趟。

马镜清第一时间想要让人来把睡着的叶灿然叫醒,但他短暂地思考了一下,心想她承受的已经够多了,况且门口还有值班的医生和护士,不会发生任何事的。他站起身,看向了自己的抽屉,内心闪过一丝犹疑,又看了眼叶灿然,自顾自摇了摇头,便急匆匆地离开了办公室。

在马镜清离开的一瞬间,叶灿然就睁开了眼睛。

她轻轻掩住门,确保没有人能看到自己的举动,然后蹑手蹑脚地走到马镜清的办公桌前,打开了第三个抽屉,拿走了其中两把钥匙和一张门禁卡。

目前为止计划进行得很顺利。

她长舒了一口气,现在还不是离开院长办公室的时候,她走到窗边,向窗外看去。

远方的高墙清晰可见,后山上却不见任何人影,因为他们都聚集在一起,在活动中心,看着张雨昂和刘老板扭打在一起。所有人都不明白为什么这位躁狂症患者会突然犯病,也不明白他为什么会有这么大的力气,看起来就像被恶魔附了体,这样下去,事态一定会很快变得无法收拾。

叶灿然看不清那里具体发生了什么,但能看到所有的护士和安保人员都在赶往那里。过了一会儿,她在人群中看到了马镜清,在心里轻声说了句对不起。

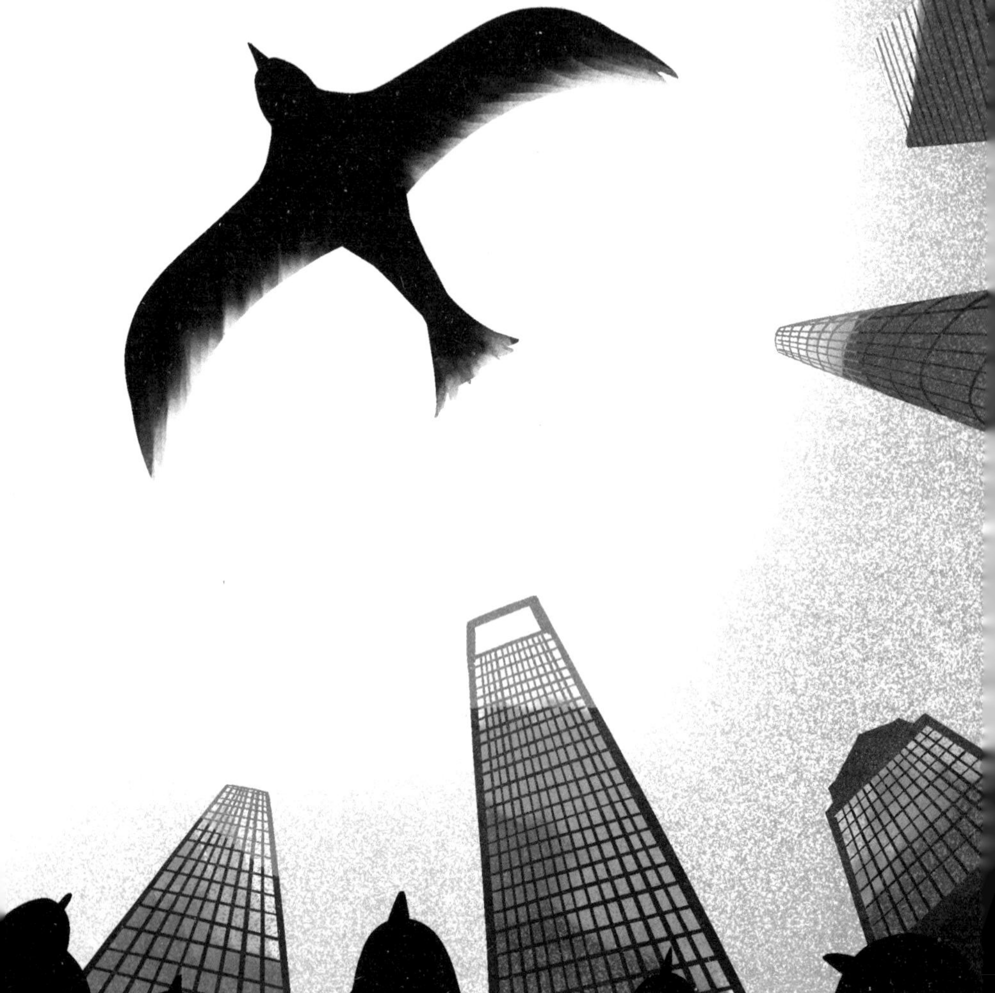

终 章

梦醒时分

> 按照你想要的方式，
> 飞向你的天空吧。

36

深夜两点,康乐家的所有灯都已经熄灭,张雨昂自然不知道现在是什么时间。他被关进了禁闭室,如果不是马镜清阻拦,大概他现在就已经被陈美芸带到治疗室里了。四下一片寂静,如同他第一次被关进禁闭室一样,一个人是无法在与外界完全隔绝的状态下生活的。但张雨昂并不心慌,他相信叶灿然,眼下要做的事,唯有等待。

同一时间,叶灿然已经顺利地走到了禁闭室所在大楼的门口。

哪里有摄像头,哪里有安保人员巡逻,值班护士会在什么时候换班,她都摸得一清二楚。但离开病房大楼却是一件难事,这离不开小莫的支援。

多亏有她,叶灿然心想,否则自己根本没有办法走到这里。

来到禁闭室的大门前,一切就都简单了。禁闭室周围不会有人这么晚还在巡视,因为一直以来都不曾有人主动来到这里。这里的两道门禁系统,叶灿然都已经拿到了钥匙。但现在绝不是放松警惕的时候,她调整呼吸,刚准备掏出钥匙,却忽然间发现背后有一道黑影袭来,她吃了一惊,立刻回头,却看见一个安保人员就站在身前。她转过身想要逃跑,手臂却已被牢牢抓住。

"远远就看到你鬼鬼祟祟的,大半夜的,你在这里做什么?"凶狠的声音响起。

千算万算都没想到竟会倒在这里,不,怎么可以倒在这里。叶灿然抬起膝盖,冲着安保人员踢了一脚,挣脱开来,发疯一般地逃跑,可还没来得及跑多远,就再次被抓住,这次他死死地掐住了叶灿然的手,右手拿起对讲机,说道:"这里有一个……"

"全完了……"叶灿然绝望地闭上了眼睛,却没有听到这句话的下半句,而是听到了安保人员倒在地上的声音。她心里七上八下,紧张到汗毛竖起,不明白是怎么回事,过了一会儿才敢睁开眼,一眼看到倒在地上的安保人员脖子上多了一个针管。

"愣着干吗!快开门啊!一会儿就来人了!"小莫压低了嗓子喊道,她看起来也惊魂未定。

叶灿然这才回过神来,慌忙摸出钥匙,却突然像是想起了什么,回头问:"那你呢?你怎么办?"

"放心,我有办法的。"

"跟我们一起走吧。"她说。

"不行,过不了多久就会有人发现这里出了事,我在这里还可以帮你们拖延时间。"小莫摇着头拒绝道,"快去!这是你们唯一的机会!"

楼里漆黑一片,叶灿然每走一步都小心翼翼,她靠着墙,终于摸到了禁闭室的大门。

门终于被打开了。

张雨昂一眼就看到了神色慌张的叶灿然,没来得及说上话,就被叶灿然拉住了手。两人朝着门口一路飞奔,跑出大楼时,他看到倒在地上的身材壮硕的男人,又看到四处张望的小莫,瞬间明白了一切。他刚想问问现在的情况怎么样了,却又听到走廊的尽头传来一句:"是谁在那里!"

三人下意识蹲进旁边的草丛,面面相觑,一动也不敢动。小莫率先做了决断,她冲张雨昂和叶灿然笑了笑,轻声说了句"加油",便站了起来,一边向外走一边高声答道:"是我!我是值班的护士!"

明明周围是漆黑一片,张雨昂却能看到小莫在背后轻轻摆了摆手。他默默地点了点头,抓起叶灿然的手,两人朝着另外一个方向跑去。

没走多远，他们就听到了身后的骚乱声，想必是有人发现了躺在地上的安保人员，很快也会发现禁闭室的大门敞开着，里头少了个人。但他们没法回头，只能一路摸黑前行。

就在这个当口，群山之中传来阵阵呜咽的风声，夜空也失去了以往的平静。云朵成群结队，仿佛受了什么惊吓一般，慌张地奔跑起来。洒在地上的月光也跟着踉踉跄跄，像是被云朵撞倒了似的，树枝随之不安地摇晃起来，被吹落的树叶掉在地上，伴随着雨点敲打地面的声音，暴雨瞬间倾盆而下。所有人都愣愣地看了几眼天空，只好先躲回屋檐下。

同样的雨点也打在了张雨昂和叶灿然身上，但恰是这场大雨，让他们得以顺利前行。过了一会儿，他们终于走到一个下水道前，停下脚步，身旁一个声音响起。

"灿然姐姐，画家。"是程一勇。
"还是你这家伙厉害，"张雨昂笑着回应，"居然能比我们先一步摸到这里。"
程一勇没有说话，而是摸黑寻找井盖的把手。张雨昂赶紧蹲下身，一同寻找。还好把手不算难找，他打开窨井盖，先行探了下去。

"好了，下面不深，你们下来，我接着你们。"他说。

叶灿然抬头看了眼前方，张雨昂看到她那满是泥水痕迹的脸上，居然露出了恍惚的表情，问："怎么了？"

叶灿然闭上眼睛，深吸了一口气，随后露出笑容，说："没什么，走吧。"

说完她也跳进了下水道，稍稍站定，便立刻对着程一勇说："小勇，不要怕，我和张雨昂会在下面接着你的。"

然而他们只迎来了一阵沉默，程一勇没有说话，也没有动身。

张雨昂一头雾水，着急起来，说："这里不深，没事的，快下来。"

依然没有回答，张雨昂似乎能听到秒针转动的"嘀嗒声"，再次喊："快啊！"

程一勇似乎终于听到了张雨昂的喊声，双手却探向把手，见状叶灿然也喊了起来："小勇，你要做什么！"

程一勇的手依然搭在井盖上，那双本来无神的眼睛突然用力眨了眨。雨水一直打在程一勇的脸上，如果不是知道这孩子的情况，张雨昂甚至都误以为他的眼里满是泪水。

程一勇露出了笑容，一种一切都了然于胸的笑容。接着他开口了，说话时一字一句："灿然姐姐，画家，我不走了。"

张雨昂的面孔因为惊讶而扭曲了，他的瞳孔在颤动，他压根儿不明白程一勇为什么要这么说。他感到四周有一股无形的力量，正在抽走井底的氧气，拼命喊道："你到底在说什么？这是你最后的机会了，程一勇！你继续留在这里，只会遭遇非人的虐待。"

程一勇的声音似乎跟雨水声融为了一体，他轻轻摇了摇头，说："我知道，可我不能离开，画家。我出去后也只会面临同一种情况，我遇到学校里的那些人还是会痛苦，我还是不能理解他们，他们也无法理解我，我会再次犯病，最后被我爸爸送回这里，或者更糟，被送去其他地方。我妈妈不会想要看到这些的，她也无法承受这些。"

"不，不是这样的，小勇。"叶灿然的眉毛揪在了一起，眼里都是痛苦，"我们会保护你的！"

程一勇回答得很慢很清楚，语气坚定，有种决绝的意味："灿然姐姐，你有自己的事情要做。画家，你也是，但别忘了抽出时间画画。你们不能一直保护我，等我长大了，能靠自己的能力生活，不用整天面对那些我讨厌的人时，我会出去的。"

"不行，"张雨昂斩钉截铁地说，"那些治疗等于把原来的你、现在的你彻底抹杀掉，程一勇，你这么聪明，不可能不明白。"

"画家，我知道怎么找回记忆，接受治疗前，我会画一幅画，把重要的事情画下来。我只要假装遗忘了许多事，假装治疗有了更好的效果，只要这样，电击就会逐渐不那么频繁。而且，我相信你们会让这些事停下来的。"

张雨昂的脸因为焦急涨得通红,他决定不再多废话,哪怕是现在爬出去也要把程一勇带走。可叶灿然拉住了他,她郑重其事地摇了摇头。

"你这是在做什么!"张雨昂的话没说完,就被程一勇打断了。

"谢谢你了,画家。"他说。

说完他的手动了动,兀自把井盖合上了。

接着他说了张雨昂听到的最后一句话,是大声喊出来的。

"叶灿然姐姐,张雨昂哥哥,我会记住你们的!一直记得!永远不会遗忘!"

张雨昂的眼前重回黑暗,他望着头顶上方,试图从里面打开井盖。还来得及的,他告诉自己,可是他不知道为什么浑身都没有力气。空气潮湿又寒冷,他觉得自己就像是掉入了泥潭,正在不断下沉。他听着上方的声音,一直听着。他希望听到程一勇突然转变念头,转身回来的脚步声,希望听到井盖从外部被打开的声音,希望听到程一勇再次说话的声音。但只能听到雨声,除此以外什么声音都没有。过了一会儿,连雨声都开始小了起来,他什么都听不清了。

"我们走吧。"叶灿然站起身,拍了拍张雨昂的肩膀,她的声音也很是颤抖。

张雨昂听不到叶灿然的声音，他突然想起自己居然忘了拿走程一勇的那幅画——不是画着程一勇母亲的那幅，那幅画一直都在自己的口袋里，而是那幅画着他自己的画，上面写着程一勇把自己当成朋友。他不敢相信自己居然忘记拿上那幅画，只觉得浑身空空荡荡，身体因此被打开了一个缺口，就像气球被扎了个孔，他那好不容易才燃起的勇气，像气球里的气体一般迅速地从缺口中逃了出去。

"快走，不然就来不及了。"叶灿然摇了摇张雨昂，她的声音恢复了些许的镇定。

这回张雨昂听到了，可身体像是结了冰，他开口，声音无比僵硬："我们就这么一走了之吗？"

"我们必须要走，"叶灿然说，"这是那孩子自己的选择，他是因为相信我们才这么做的，不是吗？张雨昂，你想让他至今为止的努力白费吗？你再想想小莫，她也是下定了决心，无论什么后果都不怕，才会选择帮我们的。"

张雨昂不知怎的想起了姜睿，想起了那句"听从你的内心来行动吧"。

我内心想的是什么呢？张雨昂问自己，然后他听到了模糊的回答："如果现在停下脚步，你的余生都会后悔。"叶灿然是对的，每个人都有自己的选择,程一勇选择留下,而他的选择是能在外面的世界里尽可能地帮助他。那孩子最后说会永远记得他们,难道是因为知道自己没有拿走那幅画吗?他又怎么能在这里让小莫的牺牲失去意义呢?有了这些念头,张雨昂才稍稍有了些力气,身体不再下沉。他站起身来,摸黑跟在了叶灿然的后头。

他突然想起最初想要逃离康乐家的情形。

最终他居然会通过这种方式逃离这里,说到底,直到最后他也没能打败那堵高墙。

他的脑海里闪过来到康乐家之后遇到的人和事,想到刘老板,想到马镜清,想到那位老人,想到小莫,不过只是过去了几个月,原来已经发生了这么多事啊。

前方依然一片漆黑,他们不知道还要走多久,可他们必须忍耐墙壁的污垢和空气里的难闻气味,继续向前走,一路向前。每走一步,都会响起脚步的回音,听着这似乎永远不会停止的回声,张雨昂突然意识到一个最根本的问题,他竟然忘了去考虑出去以后要做什么。不,确切地说,他不知道要怎么继续生活下去。姜睿和叶灿然都有自己的目标,而他呢?如果程一勇的事情进展顺利,不,一定会进展顺利的,那之后呢?他开始焦躁起来,感觉有些发晕。或许真的走得太久了。

听到身后的脚步声慢了下来,叶灿然回头问道:"你没事吧?"

张雨昂觉得空气越来越寒冷,但他还是说了句:"没事,继续走吧。"

叶灿然却停下了脚步,黑暗中他看不到叶灿然的表情,她说:"休息会儿吧,我们离终点已经很近了。"

她似乎走近了些,声音也靠近了许多。两人在沉默中坐了下来,雨声已经彻底听不到了。

"出去以后,"叶灿然终于开口说话,"你还会绘画吗?"

张雨昂无声地摇了摇头,倒不是他觉得自己不会继续绘画,而是自己也不清楚答案。

"我也希望你画下去。"叶灿然说,她好像坐到了张雨昂的身边。

"我不知道,"张雨昂说,"我没有底气,我甚至不知道靠绘画要怎么养活我自己。"

"这种事谁能知道呢?"叶灿然轻声说,"我也不知道自己能不能靠开店养活自己。养活自己当然重要,那是基础,但不是最重要的事情。如果能靠自己喜欢的事情养活自己最好,但最重要的,其实是生活本身,是我们要怎么度过每一天,不是吗?"

张雨昂打了个喷嚏,或许是因为这里的气味太过难闻。

"生活拿走的,要从生活中拿回来,还记得我跟你说的话吗?"叶灿然说,"但倘若什么都不做,是无法拿回那些东西的。马镜清总说，要学会接受自己，我想这意思是，要敢于辜负别人的期待，打破世界的规则，因为只有我们自己才能定义自己的人生，因为这世上一定存在只有我们才能做到的事情。外面的世界也好，康乐家也好，被别人定义的人生我已经活够了，那样的人生不值得过。相信我，我是最有资格说这句话的人。所以从今天起，我们就按照自己的标准活下去吧，不管最后会活成什么样，我都会欣然接受的。换个角度想，正是因为这世间美好的东西并不容易得到，才显得它珍贵不是吗？我想，对你而言，也是一样的。"

张雨昂不知道叶灿然说出这些话的时候是什么样的表情，但有那么一个瞬间，他感受到了叶灿然声音里的坚定。他敬畏地看向这个柔弱的女人，尽管根本就看不清她的身影，接着他感受到了一些温暖的东西，原来是她握住了自己的手。

"走吧，走下去，才有未来可言。"她轻轻地说道。

未来的事，未来再说吧，张雨昂对自己说。与此同时，他也做出了回应，他用力握了握叶灿然的手，然后站了起来。

"如果非要经历一番心理斗争才能真的鼓起勇气，那好，我就鼓起真正的勇气来面对吧。"他对自己说。

回声终于不再那么空旷，视线前方出现了一圈微弱的亮光。又走近了一些，他们发现那些亮光来自井盖的缝隙。

"终于到了。"叶灿然说，尽管这绝对是错觉，但张雨昂仿佛看到她的眼睛在发亮。

张雨昂也如释重负,他走向前去,双手在井盖上摸了一圈,却没能找到把手,只好又把双手贴在井盖上,用尽全身的力气向外推。井盖纹丝不动。他愣住了,满脑子只剩下怎么打开井盖这个念头。他告诉自己不能放弃,调整方向,双腿半蹲,再次用力把井盖向外推,可依然没能撼动井盖半分。

四周一片寂静,能听到的只有若有若无的流水声。张雨昂的脸色变得一片煞白,一点血色都没有,他颓然地瘫倒在地,绝望的空气笼罩了整个空间。时间也一同失去了意义,张雨昂觉得十分钟过去了,不,一个世纪都过去了,却只能无能为力地盯着井盖,盯着那一丝的亮光。

怎么会这样呢?

难道所有的努力都白费了吗?

最终的结局竟然是被困在这里,困在这离希望只有一步之遥的地方?

接下来会怎么样呢?他们毫无疑问会被抓住,被带回康乐家,往后的日子恐怕也不会好过。如果说之前的工作环境让张雨昂宛若生活在井底,因而做了那个噩梦,那康乐家又何尝不是另一口井?一口只是空间大了一些,墙壁却更加高耸的井。

这就是我的命运吗？从一口井掉入另一口井？从一个牢笼掉进另一个牢笼？张雨昂觉得眼前的世界开始天旋地转。

突然间他感受到了来自身后的力量，原来是叶灿然扶住了他的肩膀，她说："我也来试试，我们一起。"

张雨昂觉得身体里有什么东西被点亮了一般，是啊，这一次不同，这一次他不是孤身一人。

他再次鼓起全身的力气，用尽全力向外推，这一次井盖似乎动了动。张雨昂咬紧了牙，竭尽全力，大口调整着呼吸，可不知怎的，井盖却又卡进了另外一个凹槽。

这一下他几乎再也没有力气了，可叶灿然似乎没有放弃希望。

张雨昂深吸了一口气，决定试最后一次。

忽然之间，洞口缝隙的光被挡住了，是一个人影。

那股阻挡着他的力量突然消失——井盖在外面被人打开了。

张雨昂整个人向前一栽，头探出了洞口，眼看就要再次摔回洞中，那个人用力拉住了他。

"怎么搞成这个样子，灰头土脸的。"是姜睿的声音。

接着他看到了张雨昂惊讶的表情，又扭头问叶灿然："你没有告诉他我会来?"

"大概他忘了吧,"叶灿然笑着,轻描淡写地说,"也或许是因为你来得太晚了。"

"你可不知道雨后的山道有多难走,行了,快上来吧。"姜睿探下身,又拉起叶灿然,"我们可没什么时间叙旧,快走吧。"

"小勇他……"

"我知道的。"姜睿边走边说,又拍了拍愣在原地的张雨昂,说:"走吧。"

张雨昂这才从恍惚中回过神来,刚想跟上姜睿,却被眼前的景象吸引住了,他走到了山路边,怔怔地看着前方的风景。

"看什么呢?"姜睿问,却也一同停下了脚步,叶灿然走到了他们的身旁。三人并排伫立着。

雨不知不觉停了,乌云也逐渐散去,天色渐渐亮了起来。太阳像是被压抑了许久,报复性地散发出活力来。阳光照耀到山路的前头,下过雨的山路上蒙着一层金色的波光,一旁的树木也被染成了嫩绿色。若隐若现的群山遮在视线尽头,几片白云镶在淡蓝色的天幕上,叠在层层山峦上,透过薄云可以看到倾泻而下的光柱,照射在呈现一片青色的山林中。

空气里已经可以嗅到夏天的气息了。

突然间一只白色的鸟儿从树林中飞了出来,越过山坡,越飞越高,消失在泛着金色的天边。

"按照你想要的方式,飞向你的天空吧。"张雨昂在心里说。

(全文完)

后　记

1

总是应该说些什么的。

大概是 2019 年的 10 月吧,我觉得应该写一些别的东西了。倒不是说之前写的题材不好,只是随着年岁渐长,到了该写一些别的东西的时候。

一来我也的确不再是当时的年龄,所接触到的、关注到的世界已经与当时不同;二来随着阅读积累越来越多,我越来越能明白文学这座山峰有多高。即便日后再写回最初的题材,我的感受和表达也应该与当初不同。

但"写一些别的东西"自然会面临一个现实问题,这个问题也是编辑反复告诉我的:改变便意味着冒险,市场是不欢迎冒险的。出于虚荣也好(我必须承认我曾被虚荣所影响),出于害怕也好,担心被否定也罢,一时间我也有些犹豫。纠结再三,我还是决定写出心中所想的故事,其实答案很简单,倘若写出的作品都无法让自己满意,又如何能让读者满意呢?归根结底,一个创作者创作出的作品,一定来源于日常的观察和累积,换言之,你看到了什么,思考了什么,决定讲述什么,那就要写什么。

由此我打开电脑,开始写一些不一样的东西,写一些此时此刻的我真正想要写下的东西。

当然这并不容易,就像攀登一座自己从未爬过的山一样,再也没有熟悉的道路摆在眼前。要看到自己想看到的风景,就必须对山峰抱有敬畏,必须脚踏实地,步步摸索。

我必须承认,写这本书花费了比我想象的长得多的时间,这期间我也经历了无数次的自我怀疑。

好在我的心里,一直觉得很踏实,就好像我们终于迈步,走向了前方,一步一个台阶,每走一步就会觉得自己前进了一些,有困难试着去解决困难,跌倒了就再试着站起来。慢慢地,我们便会发觉困难不会让人慌张,一直停留在原地,才是最让人慌张的。

2

这本小说最初的灵感,来源于2019年的一次签售活动。

在提问环节,一个男生站了起来,跟我说起自己得抑郁症的故事。我能感受到空气瞬间变得沉重,我能感觉到我跟他说话时自己的心跳声。因为这件事让我想起了我自己曾经有段时间也倍感痛苦,觉得世界犹如黑洞,所有的一切都滞涩灰暗。

时至今日,我并不想多说我自己的痛苦,这并不是我这篇后记要表达的主题。

那时我就决定写一篇文章,然而迟迟没能下笔。而后接连几场活动的提问交流环节,都有读者分享自己或身边的人患上了心理疾病的事。

还不仅如此。

相信在社交网络中你也能明显地感受到,整个世界正在发生某种让人难受的变化。

我们越发频繁地看到有人离开这个世界的新闻,看到某些让人悲恸的社会现象,看到人们夜不能寐,看到人们的心理状况越来越严峻。

之后,某个周日,老朋友约我去朝悦附近吃夜宵。

他点了几瓶啤酒,当时我还不知道为什么,就看着他一瓶瓶地往肚里灌。酒过三巡,他突然红了眼眶,说他前段时间过得很难,心里头的压抑差点把他压垮,去看了心理医生,才知道自己得了心境障碍。作为朋友,我一时间不知道应该说什么,只感受到了一种深深的无力。

那天夜里回到家后,我联想到之前与读者面对面时听到的故事,胸口就像有块石头,脑袋也无法正常思考,到最后脑海里只留下了三个字——"为什么"。

为什么会变成这样呢?

每个人的情况都不同,但我总觉得这些现象的背后有某个共通的东西。

就在这时,我突然想起曾经听过的一个概念——人的异化。天边似乎划过一道闪电,我找到了自己的答案,就藏在那四个字里,不过我还是稍做了一些改动,把它称为:人的物化。

有太多人没有把身边的人当人看,同理心变得越来越稀缺,我想这就是那个共通的东西。

那什么叫作把身边的人当人看呢?当你看到他的时候,你会尊重他的个性，会照顾他的尊严，会体会到他的喜怒哀乐，你会尽可能地站在他的角度试图去理解他（尽管理解很难）。

然而我们似乎把人的价值与收入、地位直接画上了等号，其他本该重要的，竟变得一点都不重要了。这世界粗暴地给了我们一个模板，仿佛我们不按照那个模板生活，就一文不值似的。

不，不该是这样的。这世界有千千万万的人，自然就该有千千万万种活法，凭什么别人就能够如此确切又居高临下地说你生活的方式不对呢？

诚然我们可以选择按照那个模板生活，但我们也应当有选择不那样生活的权利，重要的是，要找到自己内心真正想要的生活方式，并遵从内心的指引生活下去，这成了我这本小说的主旨之一。

这本书的另外一个灵感，也与"人被物化"和"过于沉重而又僵化的期待"有关。

在小说中出现了一个重要的转折剧情，相信大家都能读出是哪一个或哪一类社会真实事件。实际上该事件也是整本书的灵感来源之一，同样也是程一勇这个人物的故事背景来源。

两者叠加在一起，就构成了整本书的骨架。

3

在写这本小说的过程中，出于情节设计需要，我做了一些基本的背景调查。

前文所述的社会真实事件，在这之前只是耳闻，而后我看了央视网的《网瘾之戒》，这部纪录片给了我极大的震撼。

小说中所出现的心理疾病的数据参考则来自《中国城镇居民心理健康白皮书》的基本介绍。

集体心理治疗的灵感来自1998年中国中医药出版社出版的《神经精神病学辞典》，我最初看到这个词是在村上春树的《挪威的森林》（这里我必须承认我的写作之路深受村上春树的影响）。

绘画疗法的灵感和方针来自邱鸿钟、梁瑞琼等于2015年发表的论文《绘画治疗在心理康复中的作用研究进展》。关于音乐治疗历史的描述则来自史琼、樊嘉禄等于2007年发表的论文《音乐治疗的历史及展望》。

电休克疗法（同时也称作电痉挛疗法）的原理来自北京医科大学精神卫生研究所的精神医学丛书（我必须承认在这里我所阅读到的也来自他人的转述）。

电休克疗法可能带来的副作用来自姚绍敏、张振兰等于2000年发表的论文《无抽搐电痉挛与电痉挛治疗对记忆影响的对照研究》，以及来自养生之道网的文章《认识电休克疗法/什么是电休克疗法》。

在人物塑造上，程一勇的部分灵感来源于约翰·纳什，关于这位伟大的数学家和经济学家的故事，有一部电影叫作《美丽心灵》，希望大家有时间可以观看这部电影。

同样，关于阿斯伯格综合征，另一部电影《玛丽与马克思》也给了我启发，这部电影同样是不可多得的佳作。

在这里，还应当感谢一下《肖申克的救赎》，这部电影在我塑造老人等人的形象时，给了我不少灵感。

关于故事背景、地点和设施的设计，则来自采访和实地考察，以及身边的一位朋友的经历。然而我在保证小说合理性和故事情节冲突优先的原则下进行了幅度不小的改动，在现实中并不存在相应的场所。

此外，我必须声明，这本书并非纪实文学，而是一本虚构的小说。

而小说作为一种文学体裁，并不能为真实性和严谨性做保证，在保证情节合理和逻辑通顺的情况下，一切都是为了主旨服务的，一切都是为了描述某种现象以及透过现象看本质。相信读到这里的你也已经发现，以上的参考只占了很小一部分，仅作为背景存在，故事情节的发展则出于我的想象。故事中的人物显然不是真实存在的，康乐家也必然不是真实存在的场所，精神疾病和心理疾病并不能一概而论，书中的治疗方式也并不现实有效，还望各位读者不要以此作为参考。在故事结尾，虽未点明，但康乐家这个场所必会迎来覆灭，被更为正规、更加健全、更加关怀患者的医院所取代。这是我身为作者的基本态度。

4

这一段，写给每个遭遇人生的至暗时刻的你。

我不知道你现在过着什么样的生活，但或许你跟小说里描述的人物一样，感受着最深的痛苦。如同他们曾经都把错误揽在自己身上一般，或许此刻的你，也认为错的是自己。我想通过这本书告诉每一个你，你没有错，是那些把你"物化"的人有错。你本不是任何人的附属品，你就是你自己，事实上，你也只能成为你自己。

成为自己的道路，总是布满荆棘，而我们在受过伤以后，会下意识地把自己封闭起来，以为这样就不会再受到伤害，但这样也永远不会再得到爱，不再可能成为自己。我不是说你之后就不会再受到伤害，这样多少显得不负责任，但那些美好依然存在，我们应尽可能把那些美好保留下来。

我们是可以度过人生的"至暗时刻"的，只要我们学会接受自己，学会关心他人，发自内心地关怀着对方，感受点点滴滴的善意，坚定地与对方站在一起，在此过程中找到勇敢做自己的力量。因为温情可以打败冷漠，对自我价值的肯定可以打破世俗的价值判断标准，坚定的自我可以抵御那些流言蜚语。

事实上，在写这本小说的过程中，我还得到了一些非常优秀的心理学者的帮助。

他们的专业性让我肃然起敬，他们的关爱和耐心让我印象深刻。

你看，这个世界的确有人在为了你的幸福而努力，越来越多的人关注到了人们的心理健康，相应的体系也越来越完善，并将继续完善下去。

所以，请别对自己轻言放弃，或许你现在正面对的，就是最黑暗的夜，换句话说，也不会再黑了，往后的每一分每一秒，都是通往黎明的倒计时。

5

本来后记到现在就该结束了,但出于私心,我还有一段话想说。

写作之外,我该是什么样子就是什么样子,自在就好。但拿起笔,就得按照自己心中的方向前行,我知道自己依然有很长的路要走,将是一段很长很长的路。

在开头之所以要絮絮叨叨地说一些关于自己的事,无非是想要确立自己的决心,倘若藏着掖着,我大可以回到原点,换个法子继续写自己写过的东西,但这样一来既愧对自己,也愧对一路陪伴我的读者。

文字是有力量的,故事是有力量的,那力量就来自文字和故事本身。作者拼尽全力,就是为了尽可能靠近那股力量,从中抽取一部分,呈现给读者,这之后,作者本人也就有了力量。

如果我的文笔能够更精进一点,就能更好地体现那种力量,这是我愿意为之终生奋斗的事。

如今我还远远不够格,或许我永远也不够格,但我会竭尽全力地靠近它。

事实上,这也是我唯一能做的事。

希望这本小说能够唤起大家对于心理健康的重视,并不因患病而自卑，积极勇敢地去正规医院就医，咨询专业医护人员。

同时也希望人们互相之间多一些理解，给彼此一点做自己的空间。

谢谢你读到这里，谢谢你选择了这本小说。

祝你早安午安晚安。

——2021.05.25 于北京

© 中南博集天卷文化传媒有限公司。本书版权受法律保护。未经权利人许可，任何人不得以任何方式使用本书包括正文、插图、封面、版式等任何部分内容，违者将受到法律制裁。

图书在版编目（CIP）数据

黎明前的那一夜 / 卢思浩著. -- 长沙：湖南文艺出版社，2021.8（2023.5重印）
 ISBN 978-7-5726-0271-9

Ⅰ.①黎… Ⅱ.①卢… Ⅲ.①长篇小说—中国—当代 Ⅳ.① I247.5

中国版本图书馆 CIP 数据核字（2021）第 134749 号

上架建议：畅销·长篇小说

LIMING QIAN DE NA YI YE
黎明前的那一夜

作　　者：	卢思浩
出 版 人：	陈新文
责任编辑：	匡杨乐
监　　制：	毛闽峰
策划编辑：	李　颖　陈　鹏
特约编辑：	赵志华
营销编辑：	刘　珣　焦亚楠
封面设计：	尚燕平
书籍插图：	TCseeuLater
版式设计：	李　洁

出　　版：	湖南文艺出版社
	（长沙市雨花区东二环一段 508 号　邮编：410014）
网　　址：	www.hnwy.net
印　　刷：	三河市百盛印装有限公司
经　　销：	新华书店
开　　本：	875mm×1230mm　1/32
字　　数：	198 千字
印　　张：	9.5
版　　次：	2021 年 8 月第 1 版
印　　次：	2023 年 5 月第 2 次印刷
书　　号：	ISBN 978-7-5726-0271-9
定　　价：	49.80 元

若有质量问题，请致电质量监督电话：010-59096394
团购电话：010-59320018